室生犀星
音楽への愛と祈り

飯田紀久男

はじめに

二〇〇八年、『室生犀星《むろうさいせい》文学事典』（室生犀星学会編）を編纂する際「音楽」を担当した。犀星の音楽生活を探求して、著作や関連事項を調べてみたが、かなりの資料が集まった。事典の性格上、ページ数に制限があり、箇条書き的な事柄に絞らざるを得なかった。もっとその内容を、できるだけ詳らかに知らせたいという願いが、本書の執筆動機である。かなりの時間が経過したが、二十代後半に犀星にめぐり逢い、以後今日まで、ずっと親しんできた犀星に対するささやかな感謝の気持ちを表したいという念願が、不十分ながら、実を結ぶことができた。室生犀星及び音楽に対する関心と魅力を少しでも深めていただければ、この上ない幸せである。

目次

第二楽章　随筆・小説

プレリュード

「太初《はじめ》に言《ことば》あり、言《ことば》は神と偕《とも》にあり、言《ことば》は神なりき。この言は太初に神とともに在り萬《よろず》の物これに由りて成り、成りたる物に一つとして之によらで成りたるはなし」

（ヨハネ伝第一章第一節）

犀星は言葉の使徒として神に選ばれた者だが、音楽に対しては、どのような係わりを持ったのだろうか。まず、その作品、詩・小説・評論などから繙《ひもと》いてみよう。

第一楽章　詩

萩原に與へたる詩

君だけは知ってくれる
ほんとの私の愛と芸術を
求めて得られないシンセリティを知ってくれる
君のいふやうに二魂一体だ
君の苦しんでゐるものは
又私にも分たれる
私の苦しみをも
又君に分たれる
私がはじめて君をたづねたとき
二人でぶらぶら利根川の岸辺を歩いた日

はじめて会ったものの抱くお互いの不安
おお　あれからもう幾年たったらう
私を君は兄分に
君を私は兄分にした
吾等のみが知る制作の苦労
充ち溢れた
なにもかも知りつくした友情
洗ひざらして磨き上げられた僕等
今私はこの生れた国から
君のことを考へ此の詩を送ることは
「うらうらとのぼる春日に……」といふ
あのギタルをひいた午前の
むつまじいあの日のことを想ひ出す
または東京の街から街を歩きつかれて
公園の芝草のあたりに坐ったことを

思ひ出す
君の胸間にしみ込んで
よく映って行ってゐる
私はもはや君と離れることはないであらう
君の無頓着なそれでゐて
人の幸福を喜ぶ善良さは
永久君の内に充ちあふれるであらう
君の詩や私の詩が
打ち打たれながらだんだん世の中へ出て行ったことも
私どもよき心の現はれであったであらう。

大正二年五月上旬、犀星は未知の詩人、萩原朔太郎から突然手紙をもらう。犀星の『抒情小曲集』に感激した朔太郎からの熱いラブコールであった。以来、二人は手紙をやりとりし、生涯の詩友となるが、翌年二月十四日、犀星は前橋に朔太郎を訪れ、三月八日まで滞在する。詩はその時生まれたものである。朔太郎はマンドリンを奏し、また自らゴンドラマンドリンクラブを率いて、一時はその道を志すが、ギターも手がけ、詩中の「うらうらと……あのギタルをひいた午前の」というような情景となる。朔太郎の音楽生活、犀星のギターについては後述するが、この詩が犀星の音楽描写の出発点である。

朝の歌

『詩歌』（大正五年三月）

子供のやうな美しい気がし
けさは朝はやくおきて出た
日はうらうらと若い木木のあたまに
すがらしい光をみなぎらしてゐた
こどもらは喜ばしい朝のうたを
うたってゐた
その澄んだこゑは
おれの静かな心にしみ込んで来た
おお　何といふ美しい朝であらう

何といふ幸福を豫感《よかん》せられる朝であらう

明治四十三年五月、詩への情熱止み難く、故郷金沢より上京。しかし、詩業も思うにまかせず、艱難辛苦《かんなんしんく》、住まいも都内を転々、漂泊の青春時代を送る。度重なる「ふるさと―都」の往還《おうかん》、二度の失恋など辛酸《しんさん》を極めるが、詩作においては、北原白秋、萩原朔太郎などの師友を得て順調な歩みを見せ、一方、私生活においても、大正五年秋には、浅川とみ子との文通交際も始まり、明るいきざしが仄《ほの》見えてくる。「朝の歌」は、そんな境遇における犀星のすがすがしい心境を歌っている。

秋の日の合唱

（大正六年十一月）

自分はそのとき
唱歌室の前に立って
永い間やさしい唱歌をきいてゐた
をさない新芽のやうな

あどけない甘美なこゑは
自分の胸をいち早く湿ほし
すみからすみを洗ひ清めた
自分もかれらの優秀な魂につれて
この晴れあがった朝にむかって
こゑ高く張りあげて唱って見たならば
きっと喜び勇んだ愛を感じるだらうと思った
をさない日の一瞬がよみがえって来ると考へた

私は田舎のある寂しい町で
やぶれたオルガンによって
うたを習はされてゐたころを思ひ出した
もう先生のかほは忘れてゐたけれど
よく透った美しい
羽のあるやうな声の先生であった

考へても考へても浮んで来ない
容貌のうちに
どこか柔和なものが
しっとりと心に重りかかって感じられた

私はピアノについて
高まりあるひは静かにしづんでゆく声を
しづかな秋の日のコーラスを身にしみて聴いてゐた
何といふ愛すべき
また新鮮な音楽であらう！
あれらの晴明な少女等は
その花のやうな生活にいまうっとりとして
晴れ晴れしくたのしくうたってゐるのだ
この世の一切から
けがれから離れて生き楽しんでゐるのだ

大正六年九月、継父・室生真乗（雨宝院住職）逝去。鬼の如き継母ハツと違い、敬愛する父を失った打撃は大きかったが、僅かな遺産を入手し、最初の詩集を出版する契機となった。同月、浅川とみ子と婚約。十月、第一回詩話会開催。長かった青春放浪生活に別れを告げ、希望に満ちた年となった。

この頃、東京郊外の田端に居住していたと思われるが、詩は、ある小学校の唱歌室の前で聞いた少女たちの合唱に感動し、自分の小学生の頃の思い出がよみがえってくる。

詩中の〝先生〟については、晩年の随筆『続女人《おんなひと》』の中で、「音楽の先生」という題の下、次のように述べられている。

野町《のまち》では唱歌が七點《てん》から八點あつた。あとは五點と六點と落第點とが相半ばしてゐた。（中略）音楽の先生は大澤といふ婦人であつたが、しんせつで私のやうな劣等生によく點を下すつた。顔にそばかすがあつたが、母型のやさしい人で（中略）いま思うても、ありがたい先生だった。

犀星の自伝的小説、『幼年時代』、『泥雀の歌』、『弄獅子《らぬさい》』などどれを見ても、先生という人種は近寄りがたく、嫌悪すべき存在として出てくるが、大澤先生は格別の先生であったようだ。

翌大正七年には音楽を語る詩が四つあるので続けて紹介する。

音楽会の後

人々の心はかなり深くつかれて
濡れてでもゐるやうに
愉しいさざなみを打ってゐた
人々は音楽が語る言葉の微妙さについて
囁いてゐた
階段から芝生に
芝生の下萌えをふんで
もはや街燈のついた公園の方へ歩いてゐた
美しい妹をもつひと

妻をもつひと
それらはみな一様な疲れのうちに
ふしぎと生き生きした昂奮《こうふん》を抱いて歩いてゐた
私もそれらの群れのあとにつづいて
寂しい自分の靴音を感じながら
春近い公園の方を歩いてゐた

『短歌雑誌』（大正七年四月）

詩と音楽

よい音楽の精神に於て詩は共鳴する
よい音楽は実にぴったりと
自分に入ってくる
滞りなく心一杯にひろがる
ほんとによい音楽をきくとき

私は私の顔まで美しくなる気がする
からだがすべすべする
自分の中の現はしきれない感情の波動を
かれはよく現はしつたへてくれるのだ
本統に私のやうに苦しむものにとつて
音楽は何といふよき天国を
あらはしてくれることか

（『短歌雑誌』大正七年五月）

冬

僕はこの冬の一月
露西亜を亡命して来た
若いスカルスキイといふピアニストの
その音楽をきいたとき

露西亜《ろしあ》の平安が一日も早く
やって来るやうに祈られた
その美微なピアニシモの瞬間
それはまるで露西亜の中流の客間の
一部をうつし得たやうな
ファミリアルな音楽の会合であった
会場を出てからも
靴の底も氷《こお》るやうな思ひで
凍える街区を私は昂奮しながら
歩いてゐた
吹きつのる風ときびしい冬とを
窓のそとに控へた会場の美しい空気！

花　音楽
そして冬

自分はその夜を忘れることができない
その夜は長く頭に残るだらう

『文章世界』(大正七年六月)

深い孤独の中

音楽家がステージを降りるとき
よき群衆の拍手に送られ降りるとき
どんなに強く寂しい孤独を感じるだらう
あれらの雷のごとき讃嘆にも拘《かか》はらず
よき音楽家はいかに深く「群衆」の
埒《らち》の外に
自らの高い孤独を熱愛するだらう

『感情』(大正七年七月)

大正七年は、犀星にとって黄金の年であった。一月一日、待望の処女詩集『愛の詩集』出版。二月十三日、浅川とみ子と結婚。九月十日、第二詩集『抒情小曲集』刊行。薄幸であった自分の家庭生活から脱却し、自己の家庭を築き上げ、また詩人としての確固たる地歩を踏み出す。

「音楽会の後」について

大正期の演奏会を主導したのは、陸海軍軍楽隊と東京音楽学校管弦楽団で、場所は日比谷公園内音楽堂と東京音楽学校上野公園奏楽堂であった。詩中の公園はそのどちらかであろうが、犀星はどんな曲を聴いたのだろうか。明治30年頃からの演奏会を抜粋してみると次の通りである。

■一八九六年（明治二九）
メンデルスゾーン「ヴァイオリン協奏曲」
ベートーベン　ピアノ・ソナタ「月光」
■一九〇二年（明治三五）

シューベルト　「未完成交響曲」

■一九〇三年（明治三六）

ビゼー　「カルメン組曲」

ベートーベン　ピアノ・ソナタ「熱情」

以上はほんの一例であるが、洋楽導入期はワーグナー、ロッシーニ、ヴェルディからバッハ、モーツァルトなど古典派音楽が好んで演奏されている。犀星はヴァイオリン、ピアノなどが特に好きであったようだが、「音楽が語る言葉の微妙さ」に心を打たれている。これらの詩の後、犀星の音楽についての詩は大正十一年まで待たねばならない。大正八年以降の犀星の足跡を『室生犀星文学年譜　星野晃一・本多浩・室生朝子編・明治書院』より抜粋してみよう。

大正八年六月五日、東京音楽学校土曜演奏会に行く。「かもめ」を弘田龍太郎が作曲、武田鶴代が歌う。「何ものにもたとへがたき魂の幸福を感じた。」と犀星。

六月十日　『愛の詩集』の会　開かれる

八月一日　『幼年時代』中央公論に掲載
十月一日　『性に眼覚める頃』中央公論に掲載
一月　『或る少女の死まで』中央公論に掲載

一九二〇年（大正九）　三十一歳
七月末、長野に旅行。軽井沢の旅館「つるや」に宿泊。毎夏軽井沢で過ごすことになる。
十月十七日　伊豆吉奈温泉に百田宗次と行き、芳泉荘にしばらく滞在。短編『山峡の温泉』を執筆。

一九二一年（大正十）　三十二歳
小説の発表多く、濫作する。
「僕は二年ばかりの間に小説を書くのが商売になり、お金ばかりほしがってゐた。まるでお金がほしいために書いてばかりゐて気狂ひのやうに金の計算をしてそれを撒《ま》き散らして歩いた。三年目の一月号には一八ばかりの雑誌に書いて、餓鬼のやうに痩せ衰へ、ブルブル身慄《ぶる》ひしながら着物を買ひ、本を買ひ遊んで歩き、また代書人のやうに机にかがみ込んで原稿をのたくってゐた。……末はのたれ死になってもいいんだ。千古の文学をひねくるのではないのだ。……けふさへ旨《うま》くお茶をにごして行けばいいのだ。……僕はさういふ悲しい自問自問の中で荒廃された文章の上を、がたぴし、蒼白い車を引きずりながら小説を売って歩いたのであった。…その結果僕は拙い三流くらゐの小説しか書けない男になり、文章が光らなくなって行った。

『文学的自叙伝』

大正十年三月、田端五二三番地に転居。「今度の家は地所も六〇坪ほどあり、書斎八畳、茶の間六畳、納戸三畳、玄関二畳の四間があった。隣家はこのころ府立三中の校長に昇任した芥川の師の広瀬雄《たけし》であり、前の家は文展の洋画家柚木久太である。……」

近藤富枝『田端文士村』

五月六日　長男出生。豹《ひょう》太郎と命名。乳の出も悪く虚弱児であった。溺愛する。

大正十一年（一九二二）　三十三歳

五月中旬、養母ハツを東京に招く。

「東京を見たいと言ひ、自分は初夏の東京に彼女を迎へたのであるが、母は寝台車のなかに早くから目を覚ましてきちんと坐ってゐた。自分は彼女に諸方を案内したが、母は何処へ行っても驚いて見物するには齢を取り過ぎ、落ち着き払うて悠然としてゐた。息子の成長した土地も大して彼女に影響を与へることが無かった。「えらいゴミゴミしたところじゃ」彼女はそれだけ批判した後、この都会のことは口に出さなかった。」

『弄獅子』

六月二十四日　長男　豹太郎死去。

「私はすぐ宮川病院へ電話をかけに出かけた。電話をめったにかけない私は、あはてて電話番号を間違はせ、うまく言い当てたときに、交換手が出るときふに番号が吃《ども》って言へなかた。……赤子は、ああ……といふ咳のあと息をひいては苦しんで、済むとハアハアといった。……「豹、豹。」妻はうろうろした声で呼んだ。……「お父さん、最《も》ういちど抱いてやってください。」ぼんやりしてゐる私に、目を閉じた子を妻はわたさうとした。「あ、抱いてやるとも。」さう言った私は、抱き取ると、頭がぐなぐなになって、重かった。もっと静かに抱けばよいと思ってゐるうち、全く死んだなと思った。それまで私は何とい
ふ呆《ぼん》やりした、うつけた気持ちでゐたことであらう。こんどは、床の上にそっと置いた。

『童子』

八月上旬

湯ケ原温泉、箱根屋に滞在中の朔太郎に招かれて、妻とみ子、赤倉勇次郎の二女、光子を伴い訪問、しばらく滞在。帰路、朔太郎らと共に、小田原、樹高山伝肇寺内の木兎《みみずく》の家に北原白秋を訪ねる。

白秋小田原にゆきける後に白秋山房をたづねしことあらず。今年こそ行かんと思ひつつ数年をすごし、いまが初めなり……みな静かに家をみまはしゐるうちに、白秋いできたり声をかけたり。いま君らのきたらんを迎へんために用意せるところなりと言ひ、二階なる書斎へあがりたりけり。……白秋夫人やがて子供を抱き出できたり、二階にてみな話しせり。はじめて会ひしなれば、よく分らざれど、若く瞳おほきく、心さとく優しげなる夫人

なり。その赤児はまた白秋そのままによう肥り可愛ゆく、わが妻などと遊びゐるを見、われらの失ひし子どもを思ひ、さびしき心地せり。……午後二時近くなりたれば、また秋には訪ねんものをと立ちいでぬ。二たび來るときには泊りたまへなどと言ひ、古き寺門を出づるに、夫人は長く佗《たた》ずみ送られにけり。白秋電車通りまで来たり、かならず秋に来よと言ひ、われらの電車うごくまで立ち動かず居たりけり。まことに久闊《ひさ》しく会はざる友に会へる世に愉《たの》しきかぎりなるかな。

（白秋山房訪問記）

九月　「詩と音楽」創刊　北原白秋、山田耕作主宰

大正十二年（一九二三）　三十四歳

三月五日　伊豆伊東温泉　暖香園に行く

（詩「じんなら」作詩）

五月　堀辰雄來る

「或日お隣の奥さんが見え、わたし共の主人の府立第三中学校出身に堀辰雄といふ生徒がゐるが、いちど紹介してくれと言はれてゐますので、会っていただけるかどうかといふお話であった。私は何時でもと答へた。お隣は広瀬雄校長であり第三中学校に芥川龍之介も在学してゐたことがあり、堀は当時二〇歳だった。

『我が愛する詩人の伝記』

八月二七日　駿河台にて長女朝子出産
九月一日　関東大震災　起こる
十月一日（推定）家族と共に金沢に帰る

大正十三年（一九二四）　三五歳
この年、中野重治、窪川鶴次郎、芥川龍之介、佐藤惣治郎、川路柳虹、百田宗次、堀辰雄、高浜虚子等、来沢。

大正一四年（一九二五）　三十六歳
四月、田端五百二三番地の旧居に移転。五月初旬、詩話会同人で伊豆に旅行。
佐藤惣之助、川路柳虹、白鳥省吾、萩原朔太郎、千家元磨、福田正夫、同道。

大正一五年・昭和元年（一九二六・一二月二五日改元）　三七歳
四月二二日、詩話会同人と伊豆旅行
九月一一日、二男朝己出産

このような時代背景のもとで、この時期作られた音楽を叙《の》べた詩をいくつか紹介しよう。

遠い笛

虹がきらきら立った城のなかで
ゆるい笛がつづいて
そして嬰児はぽっかりと目をさました
白いさびしい光があった
だが笛の音色はしなかった
どこに母親の顔があるのか

かたかげの障子ばかりが白く見えた
よく見るとすぐ顔のちかくに
紛《まご》ふ方もない母親が
その静かな瞳で眺めてゐた
それゆゑ嬰児は一時に悲しくなって
こゑを上げて泣き出した

『日本詩人』

自分を捨てて去った生母への憧れ、恨み、複雑な思いと、遠い笛の音が溶け合い嬰児の心をゆさぶる。

笛

悲しいとき笛を吹きけり。
細く静かに吹きけり

その笛は音いろの到《とど》かんところには
かならず笛のねいろを聞くものあらんと
羽がひやさしきものの静かに耳を傾け
杖などもちてあらんと思ひ
われにもあらぬあさましき我がなす笛の
いつにならば鳴らずなるものか。

河鹿《かじか》を呼ぶ笛ならば
水の奥ふかくこたふるならんも
わが笛はそらにきこえちぢまりゆくのみ

『詩と音楽』（大正十一年十月）

犀星が本格的に笛を吹いたということは伝えられていないが、笛吹きをテーマにした小説はいくつか残している。『龍の笛』（大正十一年八月）『笛を合わす人』（大正十一年十一月）『童笛を吹けども』（昭和二十三年五月）など。（後述）この詩では、半ば幻想的な情

景で、寂しい気持ちと笛の音色が調和している。

子守唄

雪がふると子守唄がきこえる
これは永い間のわたしのならはしだ。
窓から戸口から
空から
子もりうたがきこえる。
だがわたしは子もりうたを
聞いたことがない
母といふものを子供のときに
しらないわたしに
さういう唄の記憶があらうとは思へない。
だが不思議に

雪のふる日は聴える
どこできいたこともない唄がきこえる。
『田舎の花』（大正十一年十一月）

生みの母への思慕が子守唄となり想像の調べとなる。

合唱

緑の木かげで
いっさいに聲を揚げ　高く
白い手をひからせて唄ってゐる
そのため緑はいよいよ蒼く美しい
誰が通っても歩みを停め憩《やす》まうとする
そこの手すりにもたれ
その若い聲のあるじを見恍《ほ》れる

緑の運動場に
ひとつの蝶がまぎれて飛ぶ
彼女らは一斉に優しい聲をあげ
あっちこっちと趁《お》ひかける
空へ舞ひ上がらうとする
かの女らも白い手を叩き　あせって
空へ　その手をとどくだけ伸べる
白い　たはやかな光がちらつく
蝶はくるくる舞ひ上がり　うづまいて
空の方へ消えて行ってしまふ
緑の木かげに又みんな集る
そして手をつないでうたふ
聲のひびきは圓《えん》をゑがいて
人家の屋根を超え
通るひとびとの胸を叩く

優しくしづかに叩いては過ぎる

少女たちの歌の輪とそこに舞い降りる一匹の蝶。幸せそうな少女達の歌声に蝶は引かれ、少女たちと蝶の追いかけっこが始まる。青い空、緑の木々。そこには人と自然が奏でる音楽がある。

家族

家族といふものは
緑の木かげで食事をしたり
楽しい話をしたりするものだらうか。
美しい妻を招《よ》んで
白い乳母ぐるまの幌《ほろ》を帆のやうに立てて
田舎の徑《みち》をうたひながら行くのは
あれは楽しい家庭でなくて何であらう。

だがあれは音楽ではなかったか
音楽に聞きとれた空想ではなかったか。

『高麗の花』（大正十二年四月）

以上、大正期の代表的な「音楽の詩」を示した。次に昭和期に散見される詩を紹介しよう。

僕は音楽とすれちがひに

僕は音楽とすれちがひになった。
僕はいま音楽を聴くのが危険だと思うた。
僕は音楽をすっかり聴いてしまった。
僕はそこで、
僕の気持ちを制禦することを放擲《てき》した。

『椎の木』（昭和七年九月）

すらぶの琴

とつくににありて
われは琴をひきけり
妙なるすらぶの琴を
日もすがら掻《か》きならしけり。
きみは螢のごとく
われは老いたる虎のごとく
霾《ばい》の罩《こ》めたる日のなかに
すらぶの琴を掻きならしけり。
すらぶの琴を掻きならせ。

霾とは大風が土砂を空に巻き上げて降らせ暗くなること　筆者注

『中央公論』（昭和十二年十二月）

歌手

この秋
身近にすだけるものら
いつもの年と變りて
その聲音を澄ませ
ゆふべゆふべを怠りなし、
よく聞きすませば、
よく脳にしみてすだけるなり、
近よりて耳かたむけるかな、
聞きすまして
なほ聞き惚《ほ》れるかな、
かくもいみじきものに
よろづ代までも変わりなし、
ひんがしの國

ひんがしのみやこに
ゆふべの歌ひ手、
秋告ぐるものら、
つどひてうた歌ひけり、
すこやかなれ汝《なれ》ら
汝らに憂《うれひ》あらざれば。

『新文学』（昭和十九年十一月）

ここに弾かれざるものなく

終日
音楽をきく
黙然として一日きく
またつぎの日もきく
ひとよ　きたるなかれ

一日はもはや
かへり来たることなし

かくのごときもの
かくのごとく顫《ふる》えゐるもの
ふたたび現はることなく
終日
黙然として音楽をきく
なにごともその一さいを委《ゆだ》ねたり
なにごともこの内にこもる
その生涯の哀しみをたぐひするもの
避けがたきもろもろのもの
さびしかりしいのちのはてに
いまはすでに
ここに弾かれざるものなく

ここに
あらはれざるものを知らず。

『至上律』（昭和二十三年八月）

第二楽章　随筆・小説

犀星が音楽について語り、音楽を話題にした随筆・小説を、室生犀星全集（新潮社）を中心に、順を追って取り上げてみたい。

（随筆）

第一巻　抒情小曲集　　**大正七年九月十日**

序曲

芽がつっ立つ
ナイフのやうな芽が
たった一本
すっきりと蒼空にたつ

抒情詩の精神には音楽が有《も》つ微妙な恍惚と情熱とがこもって人心に囁く。よい音楽を聴いたあとの何物にも經驗されない融和と嘆賞との瞬間。ただちに自己を善良なる人間の特質に導くところの愛。誰もみな善い美しいものを見たときに自分もまた善くならなければならないと考へる貴重な反省。最も秀れた精神に根ざしたものは人心の内奥から涙を誘ひ洗ひ清めるのである。

作曲「砂丘の上」について

大正八年一月一日

郷里金澤の市街から二厘ばかり隔《はな》れた海岸に、私は二十歳のときに一年ばかり静養したことがある。寂しい尼寺はいくつも起伏した砂丘の陰に建てられてゐて、砂丘の上には濱草の深い繁りによくきりぎりすなど啼いてゐた。その下まで日本海の蒼い波が気の遠くなるやうな美しい音を心の弱い少年の僕の胸に、終日いろいろな優しい物思ひを囁いてゐた。

渚には蒼き波のむれ
かもめのごとくひるがへり

過ぎし日は
海のかなたに死にうかぶ
おともなく砂丘の上にうづくまり
海のあなたを戀ひ濡れて
ひとりただひとり
はるかにおもひつかれたり

まだ見たことのないロンドンやパリイの賑やかさを今の僕らが想像するやうに、そのころの私は停止しがたい悩ましい愛慕をもって美しい東京の街衢《く》の姿を日夜胸にゑがいて、そこに自分の生活を求めることも遠い将来の願望の一つとしてゐた。町から離れた一軒家の尼寺の二階に、青年期に近づかうとしつつあった私の健康は毎日訪れてくる海気のやうに豊満にかつ凛として育てられてゐた。そのころ早くも一種の憂鬱な思ひに沈むことを覺えてゐた私は、よく砂丘の上にのぼって愛や願望について絶えず悩まされて居た。

この詩はかういう時に生れたのである。

大正八年六月十日、『愛の詩集』の会席上、近藤義次が、「砂丘の上」（小松玉厳作曲）を独唱する。白秋、朔太郎、龍之介ら三十二名が出席。（室生犀星文学年譜）

祈禱　一九一四年三月利根川の畔にて

音楽は私の苦しい時の理解者である。よく愛撫してくれる。世界の窮極にまで求めても私の苦痛を哀訴するものがゐない。しかし音楽だけは能《よ》く聴いてくれる。私の肉體に潜在するリズムを誘致するものこそ眞の音楽である。私の内在のリズムと音楽が表現する情と色彩との箏闘こそ眞の音楽を意味する。音楽と詩と共鳴するときがあるとするも、詩が含むリズムと、音楽が持つリズムとの同一融合することは絶對不可能である。詩が所有するリズムは音楽ではない。音楽以上の光素である。音楽が私を愛撫してくれる。しかし其れはゴマカサれてゐる時が多いのだ。

彼女を表現せんとして日夜思考す。

（自二月一四日至三月八日）

第二巻

笛と太鼓　大正十一年一月一日

子供ができてから半年ほど經つと、國の母から小包がとどき。ひらいてみると、小さい太鼓と笛とが入ってあった。太鼓には六十錢といふ赤線の正札が貼られたままあった。巴の紋のついた皮張りで、叩いてみると、まだ新しいだけよく鳴るのである。無器用な作りを見せた笛にも、やはり田舎らしい、暗《くろ》ずんだよい音いろがあった。…………(中略)

太鼓は毎日よく鳴るのである。とんとんとことん、といふふうに、それを部屋にゐて机にかじりきゝ、あたまが濁り怺《こら》へかねてゐるときにも、知らず識らず私はほほ笑むやうな気になり、やかましくても叱るわけには行かんのである。遠いやうにも聞え、また近近と頭にひびきもする。しまひにはペンを投げ出し、いらいらした顔と目をこすり、こすることによって一度に草臥《くたび》れた私は、子供のそばへ行き、かんかんと太鼓を叩くのだった。あたまは益益いたむが、坐り込んでさうしてゐると何だか優しくなれるからだった。正札だけは人がみてもをかしいから除《と》ってしまひませうと、女が六十錢とかいた四角な正札に指さきをつけるのだ。さうして置いておけ、いや剥《は》いだ方が、いいかな、いややはりその儘《まま》にしておくんだと自分でもわかり兼ねるやうに、このちいさな太鼓をみつめるのだった。朝は朝晴れのなかに太鼓の音がひびくのである。勉強部屋へはいらぬ前に、こんな音をきくのは、頭の調子をわるくするとは知りながら、疲れた頭になって泣くな泣くなと太鼓を叩くのである。それゆゑ、つい書くもののとっつきが逸《そ》れ、ぼんやりと庭をながめてゐるやうな日になることが多かった。

長男豹太郎は大正十年五月六日誕生。大正十一年六月二十四日死去。養母ハツは大正十一年五月中旬、犀星に招かれ、東京田端五百二十三番地に二週間ほど滞在している。このエピソードはこの間の出来事である。

詩について感想　大正六年四月二十六日（上）二十七日（下）読売新聞

内と外とによって固められた美は亡びることを知らない。冷い石室の奥深く秘められた古い葡萄酒のやうに、古い年代を經るごとに其美は加はり増益される。美は古いほど新鮮な味はいを醸《かも》して來るのだ。舊《きゅう》約の詩編など全て古い一枚の皮を眺めためすやうな懐しさを有って、いつも私どもを感動させる。ワーグナーやベートーベンはいつ聴いても新しい。

人間の心にいつまで經っても消えないものは美を求める信仰である。音楽絵畫《かいが》の中、いろいろな自然に據《よ》るもの、心と心とに依り求めるものなど。

私は今年の春、ロシアの女性によって弾かれたショパンをきいたときに、非常に自分の頭のよくなることを爽《さわ》やかになることを感じた。深い恍惚と快い愛慕とが入り交はって、息もつかず自分を「音楽の海」に遊泳させた。

あのときの感動を考へても言葉に表出できない。たんに魂が濡れたといふ概念では言ひつくせない。かの感動を再び求めることのできるには「あの晩の音楽」に出逢はなければならないだらう。あのひと晩きり「あの音楽」をきくことができないかもしれない。

緻密と微妙とによる「ほんのゆめのやうに貴い時間」だ。

この世界で再度あへない戀《こい》のやうなものが音楽の中にあることを考へる。形にも音にも感情の波動にもかの姿をのこしてくれても、それを再びすることのできないところに、音楽のもつ生命の偉大が潜在する。
深奥な感情によって表出された音楽、私はそれを求める。

あらゆる詩の精神がよければよいほど、長い美と眞實とを彼の古い葡萄酒のやうに芳醇に保存する。詩の精神をかきさぐることは、人間の心の清浄さや汚さを見わけることに外ならない。

もはや「言葉の音楽」に堕落しない私どもにとって、精神のをののき、または羽ばたく状態、感動によって息づまる心情、自分のからだのせまくなる昂奮《こうふん》、さういう種種なるものを詩の中に、かの音楽の中にあるごとく感じるとすれば、その詩は永い生命をもってゐることは疑ひもない。

……

深い泥濘の彼岸に花が咲いてゐるといふ信仰をもつこと………

いつも弱者の味方であることによって、種の手段的に交詢《じゅん》界を呼吸して、いつも強者とも出入するもの。

私はもはやこれらの人格によって、自己の心情をゴマ化されない。秋日のごとく穏やかなる人格こそ、ときをり私のゆめ見るものだ。しかしやはりドストエフスキー氏のごとき深い人格の愛慕者になりたいのは本来ののぞみである。そこにこの世の一切の諸相が蝟集《いしゅう》してゐるからだ。

「愛の詩集」後記

愛の詩集はまずしいものが多い。いけないものはない筈である。……
もし私の詩を愛する人があるとしてあれらの詩を小學讀本のやうに朗読してくれたら、必ずよい感動を傳《つた》えることが出來ると思ふ。あの詩の全てに私の音楽がある。私の呼吸と同じい音楽がある。人間として苦しんだ魂には必ず良き音楽がやどってゐるものである。私はそれを知って貰《もら》ひたいと思ってゐる。

（六月十日…）

愛の詩集の會

當《とう》夜、私のために唄ってやるといふ約があった聲楽家近藤義次氏の「砂丘の上」について、作曲された小松玉厳氏が作曲に就ての感想を述べられた。ついで近藤氏の美しい独唱が始まった。アンコールがあった。

……山村暮鳥、竹村俊郎二氏の電文朗讀があった後、再び近藤氏の北原氏の小曲集の獨《どく》唱《しょう》があって賞讃があった。特に小松氏に依頼、追分《おいわけ》南洋の唄がうたはれた。

川路柳虹氏が、私の詩を朗讀した。加能作次郎氏は詩は朗讀すべきものであることを述べられた。

加藤純之輔氏の追分は、うまかった。感嘆の聲がそこここに起った。萩原氏が、諸方より新婚の祝ひの言葉にあって、たえず微笑しながら躊躇《ちゅうちょ》してゐた。よせがき帖が最後の幾頁かを残して埋まったころ、閉會《かい》された。

そとへ出ようとするところで、芥川龍之介氏が他の二つの會合を切りあげて來たところだ、と言って息せき來られた。電車通りに小松、北原、川路、加藤、廣川、近藤の六氏陣が待って居られて芥川氏もともに、さらに街裏の一旗亭に一献《いっこん》をした。そこでは、加能氏の美しい艶々しい唄がきかれた。北原氏についで小松氏、近藤氏の追分があった。よせがきがまた始った。芥川氏に句あり「引鶴や我鬼　先生の眼ン寒し」

加能氏と北原氏とを廣川氏が送ることにして、さきに歸《かえ》った。更《ふ》けた本郷通で車を見つけて、當日來會《とうじつらいかい》下すった方に感謝しながら歸った。田端の自家を覆ふ若菜の上に月があった。

第三巻　昆虫音図　大正十三年八月一日

河鹿

人間はその聲音だけを愛でてゐることができぬものである。………ふゆふゆふゆ…と、間断なく清朗な河鹿がないてゐる。聲はすれど姿の見えぬ河鹿。枯淡で清冽《せいれつ》・清心《せいしん》の士、幽暗の聲。

蟬

みんみん蟬　寂しい心、みんみんを掌中におさめようとする欲望ではない。名づけがたい悲哀であった。…わたしは寂しくいい年をして、みんみんをおれはたうたう右の手の中に握った。しかも小さいかれのからだは手の掌中にもがいて啼き立ててゐる。「はてとおれはこいつをどうしようとするのだ。」と味気なく自分のしたことが振りかえられたので、やはり女給がしたと同じやうに空にむかって放してやったのである。そのあとでも予の心は平静ではあったが、一段と寂しい思ひをさせられた。

かはぜみ

穏やかな秋の日の下にある椎《しい》の木に、おくれて啼いてゐる聲の嗄《か》れた蝉をきいて、或る哀れさを感じた。たえだえな、一方癇《かん》高く悲鳴に似た聲音のやうであった。

「秋ぜみの羽根のやぶれや通り雨」

第四巻　林泉雜稿

曇天的な思想

荒土になった庭の上に、杏の實《み》が、今年もあかあかと梅雨曇りの中に熟《む》れてゐる。此の杏は家に附いてゐる樹であるが、毎年春は支那風な花を見せ、何時も今頃の季節には美しい實を見せてゐた。今日も机の上から見る朱と黄とを交ぜた杏の實は堪へがたい程美しい。自分も家の者もこれを取らうとはせず、此《こ》の儘《まま》次ぎに來る人の眼を楽しますであらう。

杏は國の方にも今頃は熟れて輝いてゐるが、東京では滅多に見られない。何時か小石川の裏町で見かけたことがあるが、その美しさ豊かさは莫大な印象だった。子供の時にその種子を石で磨《こす》って穴を開け、笛のやうに吹いたことを覚えている。「杏の笛」といふと幼い詩情を感じることが夥《おびただ》しい。今も郷里の童子《わらべ》はその「杏の笛」を吹くことを忘れないであらう。

童謡

自分の子供はやはり北原白秋、西條八十氏の童謡を唄ひ、母親自身もそれを教えてゐるが、自分は童謡を書いた經驗がないので黙って聴いている外はなかった。両氏以外の『コドモノクニ』の童謡をも、唄うてゐるのであるが、中には到底自分の如き詩人を以て任ずる家庭に、鳥渡《ちょっと》聞き遁《のが》しがたい劣った作品もないでもなかった。併しそれに交渉することは自分の敢えてしない方針であった。

北原白秋、西條八十、百田宗治等の童謡が娘によって唄われることに、その作家等に知遇を得てゐる関係上、決して悪い気持ちになることはなかった。……ともあれ童謡の作家等に望みたいのは、かういう子供の世界から見た童謡詩人の人格化が、我我の家庭にまで行き亘《わた》る関係もあり大雑誌に少し位楽なものを書いても、子供雑誌の場合は充分によい作品を発表されるやうにされたい。自分も漠然として童話などを書き棄てた既往の悪業を思ひ返すと、それを讀む小さい人人へ良くない事をしたやうに思はれてならない。何事も藝《げい》道の影響が子供へまで感化して行くことを考へると自分の如きは童話や童謡の清浄の世界へは、罪多く邪念深いために行けないやうな気がした。

第五巻　文藝林泉

文藝雑記

立派といふこと

……音楽の立派さはその場所にすっかり頭のなかにはいり込んで、頭をていねいに音楽の糸のやうなものでかがってくれるから、立派さを事新しく感じるのだ。

大学と薬罐《やかん》

……僕は昔から音楽學校とか美術學校《がっこう》とかに何かの意味に於て刺戟《しげき》されてゐて、美術學校ではその美術といふ途方もない遠大なうつくしい名前に惚れ込み、音楽學校ではこれまた田舎者の僕を徹頭徹尾ハイカラな高尚な感覚をもって、ぞっこん参らせ魅了してゐた。

第六巻

薔薇の羹《あつもの》　音楽　昭和十一年四月

春の雑草の中で自分は土筆《つくし》の様なものを愛する。その愛情は千古不抜なもので、讃美と嘆賞の限りを盡《つく》すものである。自分は嘗《かつ》て土筆の一面に生ひ立つ野の温かい窪んだ土地で、強烈な春を感じ、それが今でも永く頭を去らないでゐる。

その感じは文學などでは現はせきれないところの美しさである。ピアノなどにあるヤサしい肉感的な哀傷が罩《こ》められてゐるやうにも思はれる。それは文學の形式に據《よ》ることは啻《ただ》啻《ただ》に幼稚であるに止まって、甚だ効果的にはならない。音楽家はよい仕事を持ち、これらの千古不抜な感じの複雑さを分解し亦《また》表現することを幸福に思ふ位である。聲や音の眞實《しんじつ》は最早や音楽の言葉とは違ふ、それ以上に玲瓏《れいろう》たる客観的實在となって自分らに書けないものを表はしてくれるのである。自分は音楽には素質の皆無なものであるが音楽家の恍惚とした気持は能《よ》く解ることができ、かふいふ境地は音楽家をうつとりさせるのだともかんがへ及ぶのである。それらの境地は詩や文章で行き盡《つく》せないところであり、同時にその實在の純粋さは千古不抜なものである。自分は奈何《いかん》なる表現を以てしても、これらを表はせきれないことを口惜《くちおし》く感じてゐる。

（小説）

『愛の詩集』『抒情小曲集』によって詩人としての地位を確立した犀星は、大正八年、『幼年時代』『性に眼覚める頃』『或る少女の死まで』の三部作によって小説家としてデビューする。以後 夥《おびただ》しい数の長編短編を執筆するが、その中で「音楽」が登場する作品を時代を追って新潮社文学全集より取り上げる。

第三巻／一　笛をあわす人　大正十一年十一月

この物語は『今昔物語』を題材としている。主人公博雅は平安時代末期の「管弦の道きわめたる人」である。皓皓《こうこう》たる月夜、朱雀門《すじゃくもん》近くで笛を吹くのを習いとしているが、或る晩自分より美しい音の笛を吹く男に出会う。二人は互いに魅かれあい、笛を交換して吹きあう。幾晩かそれを繰り返しているうち、男は姿を見せなくなる。やがて、博雅も死去するが、その笛は宇治殿に収められ、浄蔵という名人に受け継がれる。笛には青と朱の二葉があったが、或る晩、その二葉は共に枯れて露も降りなくなってしまったという結びとなる。古来、笛は「魔除けの具」という伝えがあるが、怪奇的な趣きも湛《たた》えつつ、二人の名手が月光の夜二重奏を奏でるといううつくしく幻想的な情景が展開される。

二　音楽時計　大正十年一月

「街裏にゐたころの一つの挿話として録すという添書《そえがき》がついている。東京の下町に下宿していた頃の話である。

階下では晩にさへなると、音楽時計が鳴りはじめた。ばらばらの音色ではあるが、静かにきいてゐると不思議に全てがつながり合った一つの唱歌をつづりも合してきこえた。昨日も今夜も、毎日それがつづくのである。ネジがなくなるにしたがって、音色が次第に物《もの》憂《う》くだるい調子になって、しまひには、まるで消えてしまふやうに何時のまにか止むのである。あとはしんとした小路の奥の、暗い椎《しい》の垣根をめぐらした古い家が、何一つ音もなく降りつづく雨にとざされてゐるのであった。

「お母さん………。」

又その弱々しい腹のそこから出たやうな聲音が、二階のわたしの机のそばまで聞こえた。わたしはその聲を耳に入れると、梯子段《はしご》を下りて茶の間をあけた。

そこには痩せて小さくなった白瓜《しろうり》のやうな顔が、ひくい電燈の光をうけて、すぐ私のほうを眺めた。病めば病むほど大きくなった瞳孔が澄んで懈《ものう》げに私のかほにそそがれた。

(中略)

「時計にネジをかけてくださいな」

「あたしね。死んだら音楽時計を一しょに入れてくださいな」

(中略)

私はそのとき、室へはひると、彼女は薬のせゐで、ほそぼそと眠って行った。

「化粧をしましたね。」

さうお母さんにいふと、母親は湿《しめ》った聲をして、「自分でも既《も》う駄目とおもってゐるらしいんですね、先刻に化粧をしてくれと言ひましてね。」

呼吸がしづかにあるかないかの境を、たえだえにつづいてゐた。

しばらくすると、また女の子はぽっかりと目をあけた。

「お母さん。さっきから其處《そこ》にいらしった。」と言って、まんじりと母おやの顔をながめた。

「さっきから居たの。何かほしくないかね。」

「時計にね。」と懈《だる》い聲で言った。

「ネジをかけるんですか。」と母親は時計のそばへゆくと、

「ええ。」

と、嬉しさうにほほ笑んだ。時計にネジがかけられた。

と、しづかな併《しか》し單調な音楽がしづかにあたりにひびいた。女の子はうっとりとした目をして、その音楽にききほれてゐたが、母おやは俯向《うつむ》いてしづかに泣いてゐた。そばにゐた私もうつむいた。時はだんだん進んで行った。

音楽時計とは、オルゴールのことだが、十八世紀、スイスの時計製作者たちによって考案され、日本には江戸末期に伝来し、自鳴琴《じめいきん》とも呼ばれていた。

犀星はまだ独身で、東京の下町に下宿していてこの作品が生まれたが、薄幸《はっこう》な少女にとって、音楽は命の燃え尽きるまで、胸に抱かれている。この作品が発表されて間もなく、大正十一年六月、犀星の長男豹《ひょう》太郎は一歳一ケ月で昇天してしまう。

幼児の死というテーマでは、既に大正八年『或る少女の死まで』において、歌の上手な少女ポンタンふぢ子が腸チフスで夭折《ようせつ》する。この純真無垢な少女に対し「ポンタン」という悼詩《とうし》を捧げる。

「ポンタン実る木の下に眠るべし…ポンタン思へば涙は流る…。ポンタン九つひとみは真珠…かわいいその手も遠いところへ　天のははびとたづね行かれた　あなたのおぢさん、あなたたづねてすずめのお宿　ふぢこきませんか　ふぢこおりませんか」

また、短編『後の日の童』(大正十二年)では、遺児が腰に笛をさして登場するが、笛を吹くことはない。

三　龍の笛　大正十一年八月

支那の帝王玄宗は月夜の晩庭に出て笛を吹くのをならいとしているが、町の人々はその美しく悲しげな音色は、龍の鳴き声で何か不吉なことが起こるのではないかと心配する。町の術使いがうわさを聞きつけ、龍の聲を封じるまじないをかける。術使いは「力の強い龍にちがいない。あの龍の方がわしよりよほど偉い。」とまじないの効力を疑問に思うが、その晩以来、龍の声は途絶え町の人々は安心する。一方、王の笛も術で音色を封じこめられ鳴らなくなって、王も病床に就《つ》いてしまうが、王は術使いを呼び寄せて、笛のまじないを解くように命じると、不思議な音色が響いて笛は元通りになり、王の病状も回復する。術使いは、王に側近として厚く取り立てられる。美しい月夜の晩に響く龍の鳴き声の正体を知った町の人々は、心配なく笛の音を耳にすることができるようになった。

［コドモノクニ］に発表されたこの寓話は子供たちにも分かりやすく、親しまれた。（室生犀星事典『龍の笛』阿部千春）

四　イワンの聖人　昭和二年九月

白系ロシア人　イワン・イワニチは、帝政ロシアの師範教授の視察の任で、派遣されるが、本国が革命となり、本郷、神田、池袋、巣鴨、等を転々とする。登場人物中、春木（犀星）とは、キリスト教会で初対面するが、窮状を察した春木は、イワンに援助の手を差し伸べる。イワンは幼少よりギターを奏し、ロシア製の七弦ギターを所有していた。イワンの煤《すす》ばんだ古い下宿で、次のような会話がかわされる。

「増野さんはよくあすこへ來ました。増野さんはすぐ近くに住んでゐたのです。あなた増野さんしって居りますか。」

同国人はお互いに知ってゐるものと考へてゐるらしいイワンは、春木の知らないといふ返辭《へんじ》に一寸《ちょっと》不思議な腑に落ち兼ねる顔付きをした。その不思議さうなイワンの表情の中にチラチラした熱のやうなものを春木は覗き見たのであった。

「増野さんは女子音楽学校の生徒でありましたが、気の毒な人でした。わたし増野さんを知って居ります。」

春木は増野さんに就《つい》てはそれ以上のことを聞くことができなかった。イワンの頭の中では増野さんを春木が知って居るとしか、イワンが考へて居ないのが不思議だった。春木は何気なく質問した。

「どうして増野さんをあなたは知ってゐられるのです。」

「増野さんわたしにギターをならひに來られたのです。あなたギターを知って居ますか。」

春木は頷《うなず》いて見せた。

　何日かイワンの部屋にギターが壁にもたらせてあったが、絃が七本の露西亜獨特のギターだった。銀線の指すれの跡を見てもイワンが古くから愛してゐる楽器らしく見えた。不圖《ふと》イワンに今でもギターを有《も》ってゐるかどうかと尋ねた。

「ギターはよそへあづけてあります。冬までにかへして貰へるのです。」

　イワンは遠慮深い眼付で春木に答へたが、春木は自分の持ってゐるギターを貸してもよいといふのだった。永い間ギターを弾く気にもならず押入れの埃に埋れてゐたが、少年の時分から片時もギターを離したことがないイワンに、春木は何か自分の楽器を貸したい気もちに惹き入れられるのだった。

「僕のギターをおつかひなすってもいいのですよ。滅多に弾くことがないんですから。」

「あなたのギターを貸してくれますか。」

イワンは鳥渡吃驚《ちょっとびっくり》する程の昂奮《こうふん》で春木の手を握るのだった。

「わたしギターあればなにもほしくありません。露西亜にゐたころギターを弾かない日はありません……」

イワンは足早に歩き出してギターを弾く嬉しさで昂奮してゐるらしかった。音楽を好く者の劇《はげ》しい昂奮の度合が春木に久しぶりでぢかに感じられた。

「わたし本統《ほんとう》は増野さんためギターを賣《う》りました。増野さん妹大勢で困って気の毒でありました。わたし増野さんためギター欲しくありません。」

イワン・イワニッチは、本名、ワシリー・セルストビートフで、後の短編『ワシリーの死と二十人の少女達』（昭和二十年九月）には本名で登場する。増野さんとの間には、子供が生まれる間柄になるが、愛はそれ以上成就せず、その後イワンは満州哈爾浜《はるびん》に渡り、桃山小学校で露西亜語の教鞭を執《と》ることになる。『室生犀星研究第39輯《しょう》』（室生犀星学会編　平成二十八年十一月）所収の『白系ロシア人との友情と生涯』（蔵角利幸）には、その経緯が詳述されている。犀星は昭和十二年満州旅行中、十余年ぶりにワシリーと再会するが、氏は貧窮の内に病死し、松花江に水葬される。

犀星のギターについては、後述することにする。

五　大陸の琴　昭和十三年八月

昭和十二年四月、犀星は朝日新聞の招請で満州・朝鮮旅行を二十日間行った。最初で最後の海外旅行である。『大陸の琴』はこの時の産物で、同年十一月十日から十二月二十日まで、六十一回にわたって、朝日新聞朝刊に連載された。連載に先立ち、十一月六日朝刊に新聞社、作者それぞれの読者へのメッセージが報じられた。犀星は次のように述べている。

この物語の背景や接近聯《れん》想は、悉《ことごと》く満州の美しい風光のなかに選んだ。私が作家となってはじめて試みた作品なのである。作者は常に可憐掬《きく》すべき人生のいろいろなものを捜し廻ってゐるうち、或る一方の捌《は》け口がついたと同時に満州の野に突然投げ出されたのである。もともと荒唐《こうとう》無稽《むけい》な人生を描くべく約束された私は、満州にある都会都会の街や小路や悲しい無限の荒野のなかにぽつりぽつりと主要人物の徳義や愛憐《あいれん》の姿を見付け、もろともに運命的臭気を描きはじめたものが本篇なのである。故に本篇は華麗荘厳なる恋愛交響楽でもないし近代人情の絵巻物でもないのである。

題名に「琴」という楽器名がついており、作品と犀星の「音楽」が主なテーマではあるが、まず、作品そのものを紹介してみよう。

新聞小説の性格上、毎回副題がつけられ、「移花」、「楊柳《ようりゆう》の都」、「白夜」、「五つの國の旗」、「哈爾濱《はるびん》」、という順に進行し、またそれぞれに小題がついている。終盤、「哈爾濱」の八、「ポンチ・オスモロフスキー」で、四人の主要人物がベートーベンの「ヴァイオリン協奏曲」のコンサートで顔を揃え、それぞれに心を打たれる場面が登場するので、この曲を物語の通奏低音として、物語・登場人物を追ってみよう。

一　第一楽章　アレグロ・マノン・トロッポ　ニ長調　神戸　門司　大連

移花　一　兄弟の帆

帆のある船が二つ見え、一つは小さく一つは大きかった。處々、薄い赫土色《あかつちいろ》を覗かせた段々のある夕雲は、この兄弟のやうな仲善くならんでゐる帆前船《ほまえせん》を引き立てるために、弱くクレイヨンをなすり付けたやうであった。

藍子はかういう気品の高い景色をこんなにしっくりと心に嵌《は》め込んで眺めたことがなかった。藍子ばかりでなく甲板に出てゐる船客の誰の胸にも、この不思議な神が畫《えが》いたやうな一度眺めたら忘られぬ気高い一刻《いっとき》の景色が、確かに眼界から離れて行かなかった。

物語は「吉林丸」という客船の出航場面から始まるが、船のドラの音は、このヴァイオリン協奏曲の冒頭、ティンパニーの五つの連打に呼応するような幕開けとなっている。

船には、一等船客に兵頭艦《ひょうどうかん》、白崎藍子《しらさきあいこ》、大馬専太朗《おおうませんたろう》、石上譲《いしがみゆずる》、三等船客、庄屋力造《しょうやりきぞう》、早瀬苺子《はやせいちこ》、という六人が同船し、それぞれ絡《から》みあって、満州（大陸）に向かって行く。

最初に名前が出る白崎藍子は哈爾濱生まれの日本人離れした美貌の持主で、その気品と才知をもって、男達を魅了するが、謎めいたところもある女性である。今回二十余年ぶりの帰国で、遠い親戚筋にあたる石上譲が、藍子を追いかけて同行していた。三等船客の早瀬苺子と意気投合し、再会を約して哈爾浜に帰って行く。

大馬専太朗は、何か秘密任務をもった得体の知れない男で、大連に着くと、足早に奥地へ消える。

兵頭艦は、四十位の、眼に奇妙な哀愁を帯びた男で、大馬とは心を通じ合わせ、また藍子に後ろ髪を引かれながらも、大連の町の中に去って行く。

石上譲は、ある高官の次男坊であるが、藍子に想いを果たせず、自暴自棄になって、阿《あ》片窟《へんくつ》に溺《おぼ》れ込んで、身を持ち崩していく。

庄屋力造は、三十八人の水商売上がりの女達を引き連れて、ここ大連で一旗揚げようとしている。「一見くはせ者のしたたかな人相の人物」である。藍子や苺子に好色な眼を向ける。

早瀬苺子は、もとデパートの女店員で、肉感的な美人である。大連でも屈指の西洋料理店を営むという兄のもとに職を求めてやって来ていた。村山つな子と桑ちゃんという、モデルと酒場勤めの友人との三人連れであった。

大連到着後、同乗した面々は、それぞれの仕方で、大陸での運命に身を任せることになる。

二　第二楽章　ラルゲット　ト長調　変奏曲形式　奉天

白夜　一　嬰児《えいじ》

奉天は明るいキラキラする街々に、馬車《まあちょ》の派手な日覆《ひおおい》の上に蝉を止らせたまま、もう夏の眞盛りだった。兵藤艦は懐かしげに浪花通りの見覺えのある家々に眼を遣ったが、十年前の奉天のおもかげはもう無かった。道路や並木も新しく舗装されてゐたが町々の何處かに、そして此のキラキラする途方もない明るい夏の日光にはたしかに見覺えがあった。兵藤は埃をかむった城壁の剥げた亜字欄《あじらん》色を見出した時に、慄然《りつぜん》として顔色を變《か》えた。それは我善堂《がぜんどう》の煉瓦塀《れんがべい》によく似た色であり、我善堂を訪ねようとする此の一刻の胸さわぎを鎮まらせるために、兵頭は身慄《みぶる》ひを遣りながら、小さい窓のある茶房に這入って行った。

（中略）

千九百二十七年の蒸し暑い、ふはふはした永い白夜がいくらか縮まって行った晩方、兵頭艦は表通りの歯醫者の店先に女を待ってゐた。人間の齒《は》で綯《な》うた簾縄《すだれなわ》が黄味《きいろみ》をふくんで暑さうに垂《た》れてゐたが、その一粒づつに顔が描かれてゐるやうで薄気味悪かった。少女は

「からだぢゅうに汗になったわ。」この髫髪《うない》少女《おとめ》はさういふと兵頭にしがみ付いて欣《な》き

出した。「人が出て來て持って行ったわよ、心配ないわよ。」
それから髫髪少女は一日ぢゅう欣き吃《しゃく》りながら小鳥を部屋に放し、小鳥は籠を出這入りしてなついてゐた。

兵藤艦は十年前のこの苦い出来事が脳裏から離れず、今回の満州行となった。ドイツにも留学し、今は立派な医院を経営して、社会的に成功者とはなっていた。大連の孤児院にも行ったが、自分の捨て児は見つからなかった。我善堂の事務員に案内された兵頭は、十五、六人位の捨て児台に載せられた赤子をはじめ、作業所で働く十歳位の子供を観察して廻るが、目指す日本人らしい子供の姿はない。その翌日も台帳及びその他関係書類を調べてもらうが、千九百二十七年八月六日には、捨て児及び貧児の収容はなく、それに該当する記録もないことを知らされる。一縷《いちる》の望みとはいえ、失意に沈む兵頭に、事務員は「哈爾浜の孤児院ロスキイ・ドムにも同じような収容所がある」と告げる。「これで子供達に何か特別にうまいものを買って遣って戴きたい。」と、少なからぬ金額の包みを事務員に渡し、「ロスキイ・ドムに行こう。」と希望を繋げる。

三　第三楽章　ロンド　アレグロ　二長調　哈爾濱

白夜　十三　つくしこひし

夜はとうに四時といふのに明けてゐた。

遠くを駆ってゐる洋馬車《やんちょ》の蹄《ひづめ》の音が次第に近づいて來て、街角をまがりホテルの前あたりに駆って來たやうな時分、兵藤艦は目をさまして朝湿《じめ》りのある窗《まど》を押し開いた。けふは旗日《はたび》らしく道路の両側にある満州中央銀行の牛乳色の建物に日満両国の旗が出てゐて、何處かに蜩蟟《ひぐらし》の鳴いてゐる聲が聞えた。おうしいつくしが哈爾濱にもゐるのかと、兵頭は髭《ひげ》をあたりながらその遙かな聲に耳を傾けた。

「ここにも蜩蟟がゐるのか」

何度も逡巡《ためら》って見たがやはりロスキイ・ドムを一度訪ねて見なければ、気が落ち着かなかった。我善堂の事務員はたしかにとは言へないが、一人だけ日本人の孤児がゐるとのことだったが、それもどこまで本統だか分らなかった。

孤児院ロスキイ・ドムに着くと、院長が部屋から部屋を案内してくれ、児童達に面会させてくれるが、果たして求める子供はいない。十年前の償《つぐな》いをする術はないのか。絶望感に苛《さいな》まれながら、ロスキイ・ドムを後にする。

大連で別れた人達も、満州各地の霾《ばい》と埃、喧噪《けんそう》と悪臭の中で、さまざまにもつれあい、愛憎劇を繰り展《ひろ》げていくが、運命の糸に操られ、揃って哈爾濱に吸い込まれていく。兵頭は庄屋から藍子の居所を知り、彼女を訪問する。彼女も兵頭との再会を待ち望んでいた。

哈爾濱　四　前科

突然、藍子がたずねた

「あなたはなぜわたくしをお訪ねになりましたの。」

「お逢ひしたかったからです。」

「ただそれだけだったの。」

兵頭は實際《じっさい》それ以上考へられなかった。今の兵頭の頭にもこの美しい藍子をどうしようというふ考へはなかった。

「お逢ひしてまたお別れする考へだったのです。」

「男の方はみなそんな淡泊なお考へを持っていらっしゃるものでせうか。」

「いや、僕の場合は……僕は前科者ですからね。」

「前科者とはどういふことなんですの。」

「僕つい冗《くだ》らないことを言ひましたが、僕のからだには醫學的には満人の血がまじってゐるんですよ。これだけでは意味をなさないのですが……」

兵頭の顔色には再び奉天の街上で見せたやうな、絶望的な、蒼《あお》い濁《にご》りを次第にふやして行った。

兵頭は、十年前の自分の悪行の一部始終を藍子に打ち明ける。藍子は、一瞬驚くが、十年前の捨て児捜しの愚行を、同情半分からかい半分の言葉で応じる。半面、兵頭の「變な正直と律儀と飛んでもない道義の観念」に心が惹かれていく。

八　ポンチ・オスモロフスキー

少年提琴家《バイオリニスト》ポンチ・オスモロフスキーが現はれると、拍手や口笛や足踏みで少時《しばらく》ポンチ自身も演奏できない位の喧噪《さわぎ》だった。楽長トラフテンベルグ外五十名の伴奏は間もなくシュワイコフスキーの指揮によって、十五歳になったばかりの美少年ポンチ・オスモロフスキーの柔かい指先がうごいて行った。嘗《かつ》てエルマンですら遠く及ばない美しい世界が、故国を流浪して行った天才少年によって弾き始められたのであった。ヴァイオリンの哀愁ある音流に全管弦楽器を和してゆく剛健さは、美しい思ひを盛《も》って反復されて行った。兵藤艦はこの哈爾濱に来て以来、かうも音楽に拠《よ》って心を美しくされた晩はなかった。

「これは誰の曲ですか。」

「ベートーベンのヴァイオリン協奏曲ですわ。兵頭様、もっと低い聲でお話あそばせ」

藍子はあたりに気を配ってたしなめた。

休憩の時間に兵頭はまた突然に言った。

「ポンチといふ少年はどうして生活してゐるんです。」

「馬家溝《マアジャコウ》に父親と一緒に家庭教師をしてゐるらしいのですわ。大連や新京の音楽會にも出演してゐますの。」

「お會ひになったことがありますか。」

「わたくしと同じ音楽學校出身なものですから、先生のところでよくお會ひしましたの。」

「あ、分った。あなたは音楽が専門なんでしたね。」

兵頭は急に先刻からの深い音楽的感銘から藍子を一層美しく見直した。

「でもこのごろ指が固くなってひけませんの。」

この時、大馬が向こふからやって来た。彼の顔色にも興奮したあとがあった。

「先日は失禮《しつれい》いたしました。」

藍子は少し硬くなって挨拶をした。

「僕こそ！ポンチは不相變《あいかはらず》うまいですね。」

「たびたびお聞きですか。」

「ええ、二度ばかり聞いたことがあるんです。」

大馬は少し言ひ渋ったが藍子はその二度ばかりに深い注意を拂《はら》った。

「僕は音楽といふものがまるで分らない男なんですが、聞いたあとで顔を洗ったやうな清新な気持になりますね。」

不相變《あいかわらず》、兵頭の聲が大きかった。

「兵頭様、皆さまがこちらを向いていらっしゃいますわ。」

藍子の親しげな注意はそれだけで兵頭との距離の近さを、大馬の心に締め付けて行った。

「つい大聲になってしまふんです。」

大馬が不思議な質問をした。

「藍子さん、あなたはトラフテンベルグをごぞんじですか。」

「校長さんなんですもの、なぜ、お尋ねになりますの。」

「ただお聞きしただけなんです。」

兵頭艦はこの時ふいに人々の肩越しに、見たやうな顔を眼に入れたが、直ぐ向こふで顔を引込めた。

「石上譲が來てますよ。」

「何處に？」

藍子も驚いて人込みの中に見定めようとしたが、もう、姿はなかった。

「まだ生きてゐるんですか。」

大馬は皮肉にかういふと、兵頭は變にちから強く言った。

「ああいふ男は自殺なんかしませんよ。」

一生のうちに何かを遣るか、さうでなかったら、ああいふぐうたらを續《つゞ》けて行くのでせう。

　藍子はなほ人と人との間に石上の姿を見ようとしてゐた。一生涯に自分は何人かの男を精神的に叩き潰《つぶ》したことを思ひ返した。

十　零下四十度

演奏がおわってから兵頭はポンチ・オスモロフスキーに深く感動して、その感動を暫くでも失ふまいとして黙って歩いてゐた。

藍子も言葉すくなく、大馬ともあまり話を交へなかった。音楽に身をまかし切れなかった彼女自身の悲哀が、ポンチ・オスモロフスキーを聞くごとに激しく心に動揺を興《あた》へた。

音楽会は三人に深い感動とある決意をさせる。

十三　績　天青地白《ちちこぐさ》

「藍子さん、あなたはこの際思い切って哈爾濱から身を引いて見る気がしませんか。」

「身を引くとは？」

藍子は愕然《がくぜん》として兵頭の顔を見た。

「つまり哈爾濱から別れるのです。」

兵藤艦のひょんな時にいふひょんな言葉は藍子に深い驚きをあたへたが、何か豫感《よかん》が先刻からしてゐた。

「そしてわたくしどういたしますの。」

「僕と内地に行って見ませんか。哈爾濱《ここ》から離れるとあなたはずっと良い人になりますよ。あなたはまだこどもですからね。僕がいろいろ教へて上げます。」

兵藤艦のこの言葉はいひやうも無く劬《いたは》り深いものであった。

藍子はしばらく黙ってゐた。

「哈爾濱に永くいらっしったら誰かにズドンと一發遣られるやうなことが無いともいへません。」

藍子は笑ひもせずに歩いてゐた。そして不圖《ふと》立駐《たちどま》ると低い、殆《ほとん》ど涙まじりの決心したやうな聲音《こわね》となって言った。

「お供させていただきますわ。」

「有難う。僕ももう一遍《いっぺん》仕事が出来ます。」

兵頭は自動車《くるま》を呼び止めた。

「だいぶ寒いから乗りませう。」

「わたくし些《ちっ》とも寒くはございません。」

藍子は未だこどもなのか、兵藤艦と自動車に乗ってから、俯《うつむ》いた時にする含み聲の哀愁ある言葉で言った。

「わたくし、たんと教へていただきますわ。」
一週間の後、彼等は日本に向って出立《しゅったつ》して行った。

犀星は生後父親に捨てられ、間もなく出奔した母親を生涯精神的に追い求めた。この物語はそんな犀星を裏返しにしたような作品である。兵藤艦は犀星の分身的な存在であるがもう一人、『イワンの聖人』で、増野さんとの間に子供ができ、共に暮らすことができず、哈爾濱に渡って没し、松花江に水葬されたイワンも二重写しに見える。
題名『大陸の琴』の「琴」は、作中では、ポンチ・オスモロフスキーを「提琴家」と表現し、唯一「琴」という言葉を使っているが、ここでは明らかにヴァイオリンを名指している。ヒロイン藍子はヴァイオリンを奏し、彼女を「琴」にたとえ、「ウグイスのやうな美しい聲」を持つ彼女に、その容姿、言動全般を物語全篇に響かせているとも思える。真実は犀星のみが知るところであるが、言葉の謎解きも文学作品を読む上での一つの楽しみではないだろうか。

ベートーベンのヴァイオリン協奏曲は、ブラームス、メンデルスゾーンと三大ヴァイオリン協奏曲と称えられる名曲であるが、作品成立は一八〇六年、この年、ベートーベンは、テレーゼ・フォン・ブルンスヴィックと婚約し、生涯において最も幸福に満ちた時期であった。耳疾《じしつ》はすでに一七九六年に発症し、難聴を絶望し、「ハイリゲンシュタットの遺書」も一八〇二年に書かれている。強固な意志はそれを乗り越え、この時期はいわゆる「傑作の森」と呼ばれ、第四交響曲、第六交響曲「田園」など数々の名作を残している。

『大陸の琴』の最後に、ベートーベンの次の言葉を添えて締めくくりとしたい。

音楽は、一切の智恵、一切の哲学よりもさらに高い啓示である。私の音楽の意味をつかみ得た人は、他の人々がひきずっているあらゆる悲惨から脱却するに相違ない。

（一八一〇年、ベッチーナに）

〔ロマン・ローラン『ベートーベンの生涯』（岩波書店）〕

（その他、音楽をテーマにした作品点描）

『ピアノの町』（昭和七年二月）

昭和六年十二月、犀星の次男朝己、七年一月、長女朝子、相次いで赤痢で入院。犀星は溺愛する子供の病気で神経過敏の状態であった。朝子はこの頃ピアノレッスンに励み、犀星はその上達ぶりに楽しい日々を送っていた。そのような状況での作品で、犀星はピアノに対し幻想を抱く。ピアノの内部構造に目をやり、ピアノの発明者であるイタリアのバルトロメオ・クリストフォリに思いを寄せる。

クリストフォリの頭には、町の建築があったし、虹があったし、子供の折りの寄木細工で建てた家の思ひ出があった。彼の後ろで彼の娘はその美しい響きのある新しい、まだ世界に誰も聞いたことのない音楽を弾いて行った。その音楽はその小さい町のなかにひびいて町のひとは窓や戸口や露臺《ろだい》に出てクリストフォリの窓先にもれる此の恐ろしい響きと量と美しさをもつ音楽は、静かな時でさへ町のそらに不思議な圓光《えんこう》をゑがく音響となって、町のひとの耳を驚かした。美しいといふよりも恐怖に近い珍らしい好奇を或いは奇蹟的でさへあるその子供くさい機械が相つたはって鳴る状態を驚くより外はなかった。
また、大田黒元雄（日本初の「音楽評論家」といわれるピアニスト）の「沈める鐘（レスピーギ?-）のピアノ演奏を聴き、その原作」と思えるゲルハルト・ハウプトマンの「沈鐘」を連想する。更に、虫好きの犀星は、ピアノの形をした虫もいるに違いないと楽しい空想もする。病院通いをする街の風景、自動車もピアノに見え、ピアノの中に町があり、町の中にピアノがあると、朝子と共に、ピアノへの愛着を深める。

（その他作品点描　年代順）
『埃と音楽』（大正九年十一月）
『こはれたオルガン』（大正十三年一月）
『音楽と料理』（大正十五年十一月）
『杏っ子』（昭和三十二年十月）

『埃と音楽』

アメリカ映画の冒頭、一匹の美しい豹が現れる。ペルシャ模様の絨毯の上に悩ましい姿態をすべらせると、そこの寝椅子から妖艶な女が顔を出し、「真っ白い白餅のやうな腕をさしのべて」、豹をすっくと抱き締める。女は、「マーガレット・フィッシャーのやうな大きな瞳と、がっしりして豊かな首筋に、ドロシー・ダルトンの艶麗さ」をうかべている。観客は「藍色の空気」に包まれて、一様に興奮し、異様な別世界に目を見張る。私も、その光景に接し、妄想にかられて近くの老夫婦に語り掛けるという非現実的な場面が展開される。

映画のシーンには、にぎやかな奏楽隊や、優美な音楽が静かに流れている。一方、観客席は、それと対照的に、埃と醜悪に満ちている。私は映画の美の世界に対し、自分の容貌への劣等意識や負の自虐的回想に耽《ふけ》る。

映画好きな犀星は、「映画時評」（『天馬の脚』新潮社全集第四巻）を二十五編表しており、「クララ・ポウ論」、「ポーラ・ネグリ」等、時の大女優の印象を述べている。『埃と音楽』は、犀星の美（醜）意識をその題名に絡ませている。

（『埃と音楽』　国立国会図書館　所蔵）

『こはれたオルガン』

二児を連れて国元の知人宅に身を寄せていた、二十四才のうら若い女性。田舎での閉鎖的で逼塞《ひっそく》した生活に息苦しくなり、東京に戻る決意をした彼女が、何も話をしていなかった知人に、置き手紙風に夫との顚末《てんまつ》を一人語りするという、平安女流日記調の物語。「オルガン」は、本来、聖なる音楽を奏し、家庭にあっては、幸福を象徴するものであるが、この物語では、「こはれたオルガン」は家庭、特に妻の心を暗示する。犀星三十五才、結婚して五年、長女朝子も生後一年で円満な家庭生活を送っている時期であるが、女の立場から、家庭を築いていくことのむずかしさ、男女の愛のあり方を考えさせる作品である。

（未刊行作品集　第二巻）

『音楽と料理』

秋本の甥《おい》の國人は工手学校を中途退学し、郵便局に半年ばかり勤めたあと、音楽学校に入学し、ピアノを習っている。場末の喫茶店でピアノを弾いている國人を偶然目撃した秋本は、義兄に息子のことを話すが、義兄もほとほと手を焼いて父子断絶状態であり、「台湾か朝鮮に行って巡査にでもなれ」と半ば、やけっぱちである。國人のピアノの素質については、義兄、秋本、昔小学校の音楽教師だった秋本の妻も懐疑的であり、國人自身も一時の出来心で音楽方面に志したものの、自分の才覚に不安を感じ、やがてその道を諦めて、「コックになる」と、秋本に打ち明ける。秋本も、自分の若い頃の音楽、美術等への憧れを思い起こし、國人を励まし、またその適性に同意する。郷里にいた頃、一人暮らしになった義兄のために、台所を一手に引き受けていたことや、魚獲りや鳥刺しなどに並々ならぬ腕前を示し、さらに、荷作りや棚を吊ること草花の手入れなども相応にうまかった國人には、充分な適性があると思われた。秋本の紹介で、日本橋の西洋料理店に見習いで住み込んだ國人は仕事に励み、西洋料理の深みも感得して、「コックが仕事のとめですよ。」と秋本に微笑みかける。

國人は犀星の若い頃の分身的存在であり、青年期の情熱、あやうさなど微笑ましく描いている。

（未刊行作品集　第二巻）

『杏《あんず》っ子』

『杏っ子』は犀星の小説の中で、最も有名であり、人気のある小説である。犀星の自伝的小説の集大成ともいえる晩年の作品で、犀星の出生から、娘朝子、息子朝巳をモデルとし、それぞれ、平四郎、杏子、平之介の名で登場し、結婚から家庭生活を描いている。昭和三十二年に東宝が映画化し、監督、成瀬巳喜男、平山平四郎—山村聡、杏子—香川京子、妻りえ子—夏川静江というキャストで人気を博した。

音楽についていえば、「家　ピアノ」（新潮文庫ｐ１１７〜）で次のような文章から始まる。

夕食をしながらある日、平四郎はだしぬけに少し気負うた声でいった。

「ピアノを買おう、昨夜から考えていたんだがね。」

「ピアノを……」

りえ子は次の言葉を待った。

「僕は一生のうちにピアノを買えるような男になって見せたかったんだが、この頃どうやらピアノが買えそうな気がするんだ、君も音楽はとうとうものにならなかったから、杏子にピアノを習わせたらどうかと思ってね。」

「杏子の年ならちょうど習うのに適齢かも知れないわ。」

　杏子は九歳になっていた。

　平四郎の妻のりえ子は小学教師の担当が音楽だったので、ピアノを叩くだけは叩けたが、平四郎のところに来てから、音楽どころではない、毎月の収入も不確定の遣繰《やりくり》に趁《お》われ、新聞で見る音楽会の記事に、ちかちか光るものばかり感じられたが、ピアノも十年近く叩いたことがなかった。


　苦しい財政状況の中で、平四郎はドイツ製中古ピアノを購入する。杏子は十三になり隔日にピアノレッスンに通う。幸せな家庭並みに家じゅうに音楽が鳴り響く。杏子は可愛く成長し次のように述べられている。


（同ｐ１２１）

　りえ子はたまに買物に、駅の繁華な通りに出かけてかえると、通行人は杏子を見て、みな少女の軽々としたよそおいに、ひと際《きわ》美しい顔をわざわざ言葉にあらわして、お可愛らしいといってくれると言った。黄と黒の縞のある上着に、みじかいステッキを持った杏子は、乗馬からいま下りたように見え、少女の時分として一等美しい時ではないかと思った。

「黒い瞳が鼻の両方から少々、かすかに見える位置にあるということは、美人の相があるといえるね。」

　何か用事で来た佐藤春夫が、こういって杏子が不動の姿勢でいるのを褒《ほ》めた。

「君、えくぼを失くしないように、気をつけるんだな。」

　萩原朔太郎のこの言葉は、平四郎にそのえくぼの番人も、ついでに命じているようなものだった。結局、さまざまな番人になることになっても、えくぼだけは消える時には消えるもので、どうにも頬にとめて置くわけに行かない、えくぼは両の頬にあった。誰が彫り込んだかわからないが、昔の人間はえくぼを、最もえがたいものとして愛していた。

　十七才になった杏子は、ピアノ発表会でモーツアルトのピアノソナタ第十《ママ》番イ《ママ》長調を弾くことになった。

（同ｐ158　命　美しい黒）

平四郎は午後おそくに仕事につかれると、例のピアノの部屋に行って横になり、この大きな体の楽器の方にむいて、眼をつむり眼を開けていた。この楽器の中はハリガネだらけの街区である。ピアノを製《つく》った奴はひとつの街をつくろうとは考えなかったろうが、音楽の才能は杏子にあるとは思えない、ただ、杏子がピアノを弾いているので、音楽の臭気が杏子のまわりにあることは確かである。手も顔もピアノの音色に漬《つ》けられているようで、ピアノ漬けみたいなものだ。平四郎は夕方に、誰も弾いていないこの図体の奥から、なにかを聞こうとして自分の頭で或る音色を考え出して、聴きいろうとしていることがあった。

（同ｐ158　しやわせ）

表の石段をとんとん駆け上がる靴音がし、おかっぱは少しみだれ、頬を真赤にした杏子が帰って来た。部屋にはいると、部屋の中がきゅうにむんむん熱気を帯びて来た…。

「またわたくしの部屋でお昼寝ね。」

「この図体が大きいもんだから。」

「これから練習よ、彼方《あっち》に行って。」

「行くよ、いま。」

「ピアノと格闘しているの。」

「おれは弾けないから見ている。」

杏子は勝手にどかどか行って、冷水を一杯あおってああ美味《おいしい》と言って、もう弾き出した。昨日も今日もモーツァルトである。川村という音楽教師が生徒を集めて、交詢社《こうじゅんしゃ》ビルで小さい音楽会を開くのだそうである。その演奏で杏子も参加することになっていた。

平四郎は杏子のうしろ向きの、おかっぱすがたを見て、何処かでセーラー服の少女を永い間眺めた覚えを、頭のなかにさぐり出していた。白い三本のすじのある手がはしっこく動き、ピアノは鳴り夕焼が美しく庭の松にかがやいていた。おれは何処かでこんな人を見たことがある、そしてその小女には何としても近づけない身分といったらいいのか、境遇というものの違いを感じながら、ピアノをきいたことがあった。それがいま眼の前にあるのだ。へんな話である。そして平四郎は平然と一人の少女の弾くものを杏子と入れかえて、眼にしていた。

平四郎は余り熱心にきいているのを見られたくないので、書斎の縁側にしゃがんで聴いていた。音楽のことはまるで判らない平四郎は、こんどは突然弾き手がちがう気がし、ふと、ピアノの部屋をのぞいて見ると、りえ子が弾いていた。こんなに違った音色が現われるものかと、平四郎は楽器の音色を聞きすました。二人は熱心に夕食の支度もしないで弾いていたが、それはこの母と娘にとって、しやわせすぎる夕方の時間であった。りえ子は音楽を勉強するつもりでいたが、結婚でこわれてしまっていたのだ。その娘にいま何かと呼吸をはずませている……

(同P164　はなたば)

番組が進んで、杏子はおろおろしたものが、しだいにおちつきのない処に、連れ込まれて脅《おど》かされる気がし出した。隣の席にいるまり子がいった。

「まり子、手を握ってよ。」

「ふるえているわね。」

「たまらないいやな気持よ。」

「まだ順番が来ないいじゃないの。」

「だって耳まで震えてくるわよ。」

「意気地なしね、確乎《しっかり》するのよ。」

順番が来て、まり子が男みたいに杏子の背中を衝《つ》っつき、川村教師はピアノの前に坐ったらきっと落ち着いて来ますよ、いまが一等まいる時だ、僕がそばにいるじゃないかと言った。

「どうしたのかしら、まだお母さまがいらっしゃらないわね。」

杏子の発表会を楽しみにしていただろう母りえ子は、事もあろうに、当日脳溢血《のういっけつ》で倒れてしまい、一命はとりとめたものの、不運にも、以後半身不随の身になってしまった。杏子の演奏は無事終わり、川村教師も「よく弾けた」と褒めてくれるが、明るく軽やかで輝かしいモーツァルトは、杏子にとって悲しい思い出となってしまった。

杏子は一九才までピアノを続けるが、断念する時が来る。

(同p190　人球)

杏子はもう十年もピアノを弾いているが、音楽の才能のないということは、どんなに永い間弾いていても、だめなものである。平四郎は大きな楽譜を入れて通った音楽の勉強も、ついに、むだになったことを気づいた。ただ、杏子はたしなみの一つを覚えこんだに過ぎないのだ。

「わたくしピアノはだめね。」

「何も職業のためにピアノを弾くことはないさ。いやな言い草だが、やはり女の心のまわりにピアノが何時も弾かれているというだけでも宣《い》いんだ。」

「心のまわりになんて難しい言葉だわ。」

「それはね、女の人の心には何時もピアノのような音色があるという意味なんだよ。愛情だってピアノが鳴るようなものじゃないか。」

「それは判るわ」

「だから立派な音楽家なぞにならなくともいいんだよ。そいう人はべつに育って行くんだから、気にするなよ。」

成人した杏子はやがて、小説家志望の深山亮吉と結婚することになるが、結婚生活は長続きせず、ピアノは生活の資として手放すことになる。

以上犀星と音楽との関わりを、詩、随筆、小説の順に作品を概観してきたが、犀星自身が述べているように、音楽に対して特別の知識や才能があったわけではないが、音楽への深い愛情、憧れが強くその作品に表れていることは理解戴けたと思う。犀星の生育歴、山や川など自然、何よりも犀星の音楽的資質がそれを育《はぐく》んだのであろう。

第三楽章　犀星の音楽生活

犀星の音楽受容

犀星詩の音楽性についてては、言を待たないところだが、音楽そのものに、どのように接し親しんでいったか展望してみよう。

『幼年時代』に、「小学校では、いちばん唱歌がうまかった。作文も図画もまづかった。」とあり、少年時代より音楽には親近感があったことを推察させるが、犀星の音楽の土壌は、その特異な出生、生活歴、そして、金沢という育った環境にその源を発すると思われる。

音楽の素養は個人的資質だろうが、その人を取り巻く外の要因も大きい。生後間もなく親に金銭で売られ、莫連女《ばくれん》の継母に手荒く育てられながら、生母を慕い続けた幼少年期。人の情けとこまやかな愛を求めて止まなかった、その心がまず、音楽と結び付いた。また、生活の場、金沢市千日町一番地、雨宝院周辺の自然、寺院横を流れる水清らかな犀川、そこから遠望する白山《はくさん》、医王山《いおうぜん》、立山連峰等の山々、川で泳ぐウグイ、アユ、ゴリなどの魚、トンボ、蝉、蝶などの虫たち、草花などをこよなく愛した。これらが犀星の情操を豊かに実らせ、音楽を受け入れる感受性を育て上げた。

『室生犀星　もうひとつの青春像』（田辺徹　犀星の会編）より抜粋

☆田辺徹　プロフィール　犀星の幼少年期以来の友人田辺孝次の御子息。『回想の室生犀星』の著者☆

犀星の青春像を育てたものには、犀星がみた古寺の人間縮図だけではなく、さらに郷里の金沢という古い暗いまちがある。「ふるさとは遠きにありて思ふものそして悲しくうたふもの」と歌ったまちがある。

犀星とその仲間の若者たちが、なんとしても脱出したかった金沢がある。金沢嫌悪と東京憧憬はともに彼らの共通項であった。（中略）文字通り身体ひとつで上京した犀星を迎えた東京はまさに近代の文学、美術、音楽の青春期にあり、さらに大正時代の自由主義、芸術の誕生を迎えるときに当っていたので、若き犀星をめぐる芸術仲間の数は意外なくらい多数であり、また多彩であった。ここではそういう時代の潮流のなかを、もって生れた鋭敏な触覚を振りかざして生きてきた犀星を見てみたい。

金沢の少年たちは、古い金沢からの脱出を夢みるが、彼らを新しい文化憧憬にかりたてたものにもうひとつ、キリスト教がある。

（中略）明治維新のあと、金沢は学問を重んじた旧大藩の地として、仙台、熊本とともに、東京、京都に次ぐ教学の都として、急速に学校制度をととのえた。そういうなかで、藩制時代にはなかったキリスト教の浸透も早かった。（中略）この古い伝統的な仏教王国の金沢に設けられたキリスト教の教会、ミッション・スクールとその付属幼稚園の修道女が働く病院にいたるキリスト教文化は県下の青年男女はもちろん旧士族と地主の家庭にも歓迎された。（中略）聖書、讃美歌集と教会音楽から英語教育とテーブルマナーにいたる文化と教養は、古都金沢にとってまさにカルチャーショックだった。当時、金沢市石浦町の日本キリスト教教会の長老、加藤正雄（県立商業学校教頭）と、ミッション・スクールの北陸女学校校長の中沢正七の講話は、市中の若い男女の人気の的であった。尾山篤二郎を教会に誘ったのは父で、石浦町の教会には現在も尾山、田辺両名の受洗の記録がのこっている。尾山篤二郎と父はともに、犀星は僧侶の子なので教会には来なかった、と書きのこしているが、犀星は父に誘われて尾山とともに加藤正雄を訪ねた。加藤正雄は犀星を寺の子と知ったうえで自宅の聖書講読会に加えてくれた。三人は聖書と讃美歌集をもって、いっしょに通った、という。歌人となった尾山篤二郎も、美術史家になった父も、キリスト教との縁は金沢で終わっているが、ひとり犀星だけは、東京に出て貧しい生活に苦しみながら聖書を文学の書として読みふけり、『愛の詩集』のなかに、明らかに聖書に触発された詩を残した。そして聖書とともに読んだドストエフスキーに心を奪われた犀星は、その生涯を通して、社会の底辺に押しつぶされた不幸な女たちから目をはなさなかった。士族の子として生れながら、寺で育てられた犀星は、寺院の佛教から精神的な影響を受けることはまったくなく、むしろその地で出会ったキリスト教から、子供ながら背負った深い心の傷をいやす糧を得た、といってよい。（中略）

明治四十三年、二十一才の犀星はついに念願の東京に出た。根津、谷中、千駄木町一帯の下宿を転々として、その間、行きづまれば金沢へ往復する生活のはじまりだったが、やがて田端におちつく。大正元年、「スバル」に「青き魚を釣る人」「かもめ」を発表、大正三年、萩原朔太郎を前橋に訪ね、大正五年、朔太郎と詩誌「感情」を創刊。二号に「抒情小曲集第一」を掲載、この頃、谷崎潤一郎、佐藤春夫、芥川龍之介を知り、大正七年『愛の詩集』と『抒情小曲集』の自費出版にこぎつける。犀星は晩年になっても、小説家といわれるより詩人とよばれることを喜んだが、私のような幼友達の息子に、この時代の苦しい生活を語るものではなかった。ただ、犀星は若い日の詩について、また美術仲間についての思い出話を楽しそうに語ることがあった。

（中略）

西洋音楽への憧れも強く、「白樺」の仲間が洋楽のレコードを買い集めて華族会館でレコード演奏会をやっていたが、それに感動した高村豊周（高村光太郎の弟）は、たちまちレコードマニアになって、銀座の十字屋に入りびたり、買ったレコードを仲間を集めて楽しんだ、という。豊周の家ではじめてレコードコンサートというものを経験した犀星や田辺にすれば、これも青春の西洋体験だった。『回想の室生犀星』のなかで、犀星が音楽好きで、午後にはいつもラジオで古典音楽、とくにピアノとバイオリンのソナタと協奏曲を選んで聴いていたことを述べたが、犀星の詩を愛読していた音楽学校の学生、岡田雪子にグノーの「アヴェ・マリア」などを教わって、犀星や父が歌っていたのもこの頃だった。犀星は洋画とロダンのデッサンが好きだったのに、同じ絵でも浮世絵は嫌いだった。豊周の家のレコードコンサートも洋楽ばかりで、長唄や清元、新内など邦楽に関心はなかった。

犀星とギター

第一楽章、「萩原に與へられたる詩」で、朔太郎がギターを奏でる情景が歌われているが、犀星にとって、これがはじめてギターに接した時と思われる。

伊藤信吉『ぎたる弾くひと』（麥書房）には、次のように犀星のギターのことが述べられている。（一九七一年）

室生犀星がギターを鳴らしたというと、あるいは意外に思う人があるかも知れない。だがそれは意外でなかった。私は恩地孝四郎夫人から「以前の室生さんは趣味性の点で、ずいぶん萩原さんの影響を受けていました。それが芥川さん（龍之介）を識《し》ってから急に変わりました。」という思い出話を聴いたことがある。多分に、そうだろうと思う。そこから朔太郎の音楽趣味が室生犀星に感染し、延《ひ》いてはギターの音が室生家へ流れこんだのである。たとえば朔太郎は大正十一年（一九二二）五月中旬に、前橋発信の室生犀星宛の手紙に「御夫人がギターを稽古したいのなら、左の教則本が理想的である故お教へします。これは最近まで品切れとなってゐたのだが数日前入荷した由通知がありました。どこの先生もみなこの教則本を使ってゐるのです。カール・フィッシャー・ギター・メソッド、販売店　銀座、共益商社、神田裏新保町、右支店。注意、カール・フィッシャーには編者を別にする二種あり、水青色の表紙のが好いのです。」と書いている。問い合わせに対する返事だが、ここに朔太郎の音楽趣味が、どんなふうに室生家へ流れこんだかの一端がうかがわれる。これ以前の四月中旬発信と思われる手紙にも「本日ギターの譜を別封で送った。譜本が他へ行って居た為遅くなってすまない。どうか奥さんによろしく。」という部分があり、こうして何度か音楽案内をしたことが想像できる。室生とみ子夫人は音楽好きでオルガンを弾けたし、ピアノも多少は弾けたから、その相談相手になることに張り合いがあったのだ。

これらの手紙から推測すると、私の手元にある古いギターは、もともとは室生夫人が弾いたのである。それを室生犀星も団欒《だんらん》のひとときに鳴らしたのだが、室生犀星は大正三年二月、はじめて前橋を訪ねたときから、朔太郎の弾くマンドリンやギターを聴かされていた。

「萩原はここでマンドリンをちゃらちゃらちゃらやり、蓄音機の音楽をかけ、そして客があるとギターをぼんぼん弾いてゐた。」（「詩人萩原朔太郎」）というその音楽を聴かされていた。

伊藤信吉のこの回想で分るように、犀星は朔太郎の影響でギターに触れることになる。それを裏付ける次のような犀星自身の文章がある。

家には古い一挺《ちょう》のギターがあった。二十年、私はこれを一年に二度くらゐ眺めてまたしまい込んで、翌年にまた取り出して二度ほど見て、また、その翌年まで見ることがないのである。誰も弾かず鳴ることもないギターが、一たい何のために所蔵されてゐるのか…

二十年前の貧しい私が十五円のギターを購めたことは恐るべき無謀な奮発である。だが、十五円のギターでどれだけ慰められたかは測り知られぬ歓びすらあった。

（犀星随筆『手帖』より『信濃の歌』昭和二十年一月）

更に、『ギターの広場』（『室生犀星文学年譜』大正十年）には次のような記述もある。

ダニエルダリューの「背信」の試写会を見て、けふ十五年振りで會った田邉至氏のやさしい眼付は、十五年前とかはりがなかった。十五年前に私は田邉至氏にギターをならひに妻とともに行ったことがあったが、私がギターを弾くなどとは誰が知ってゐよう。今夜は十一月二十四日の若い月が東京驛の時計の眞上にもう匂ひかけてゐた。

これらの記述から、犀星が朔太郎の影響でギターに興味を持ち、購入し、レッスンにも通ったことが知られる。ダニエル・ダリューの映画「背信」は一九三七年のフランス映画であり、また、「ギターの広場」を掲載した『新女苑』も同年発刊である。犀星が試写会を見たのは明らかに一九三七年（昭和十二）以降であり、話の内容もそこから逆算され、大正末期から昭和初年頃の話と思われる。

萩原朔太郎は、幼少期のオルゴール体験より音楽に心酔し、マンドリン、ギターを東京の専門家に習い、自ら前橋でゴンドラマンドリンクラブを率いて指揮をしている。文学者よりも音楽家になることを夢に描いていた。

田邉至は東京美術学校教授の西洋画家で、日本のギター史上草分けの人物である比留間《ひるま》賢八《けんぱち》に朔太郎とともにギターを習った。犀星の知友である恩地孝四郎もその名を連ね、そのような交友関係から犀星もレッスンに通ったものと思われる。しかし、自身の音楽的才能には否定的な述懐をしている通り、あまり上達はせず、購入した貴重なギターは伊藤信吉の手を経て、現在、金沢市の石川近代文学館に保管されている。

「野火」(犀星作詞　朔太郎作曲)

前記伊藤信吉の『ぎたる弾くひと』は次のような言葉で始まっている。

私の手もとに、古ぼけたケースに入った、背に割れのあるギターがある。このギターは生前の室生犀星から借りてそのままになっているのだが、私が室生犀星を知って間もない昭和五、六年（一九三〇、三一）ころのこと、自宅で夕食のあといささか酒気を帯びると、室生犀星はつぶやくような声で歌を口ずさみ、ギターをかかえて怪しげな音を鳴らした。

「あはれ山のかなたに這ひゆく野火、夕さればこころ悲しみにつつ、何んとなきさびしさに……」

低くつぶやくように、うたったその声を、私は耳の奥に記憶している。室生家にはそういう団欒があった。

私がこの歌を初めて知ったのは、室生朝子・萩原葉子の対談、「わたしの朔太郎、わたしの犀星」（『犀星とわたし』犀星の会編　室生犀星生誕百年記念出版　一九八八年四月三十日）の中であった。詩は大正三年二月、犀星が前橋に朔太郎を訪れた折り、赤城山の麓を二人で散策した時の情景から生まれた。朔太郎生誕百年の際、マンドリニストの桑原康夫がアレンジし、萩原家では唄ったり、踊ったりし愛唱されたという。「萩原家の唄ってというふうになったようです。嵐一家の、心やすらぐひとときではないかしらね。もっとも母が姦通する以前のことですが。老母は、のちに趣味のロウケツ染めで「野火」の詩を書いたりしました。」と葉子は述べている。

二人の友情の産物としてこの歌は広まっていった。朔太郎の三番目の妹、星野みねは、朝日新聞（群馬版）にこの歌を紹介した。（別掲）前橋市は郷土の詩人・音楽家として、朔太郎を愛し、彼が指揮していたゴンドラマンドリン合奏団を継承し、また前橋文学館では「友の会」合唱団が例会毎に、「野火」を歌っているという。犀星の音楽生活を模索して同館を訪れた際、同合唱団の歌声を聴く好機を頂き、この歌に対する想いが一層深まった。

二〇一一年十一月、日本ギター連盟理事、ギタリスト伊東福雄は、群馬マンドリン合奏団第四十七回定期演奏会（両角文則指揮）で、永年の構想であった「野火物語」を発表した。ナレーターが、朔太郎と犀星の出会いから「野火」誕生までのいきさつを、合奏団の演奏をバックに語り、ソプラノ女性が独唱した。両角は朔太郎の孫弟子で伊東と共に、朔太郎をこよなく愛し、その音楽伝承に心血を注いでいる。二〇一二年一一月の第四十八回定期演奏会でも、「野火」は、秋谷直之のテノール独唱、伊東のギターが披露された。

話が前後するが、二〇〇九年には室生犀星秋季大会が伊豆湯ヶ島で開かれた。同学会顧問で西伊豆町在住のゆりはじめの「もう一度伊豆で集いを」という熱意が結実したもので、氏は「伊豆の踊り子」（田中絹代主演）を上映・解説し、会場を盛り上げた。地元の人間ということで、私も「犀星と伊豆・ホイットマン・音楽」という題でお話しすることとなった。会員の佐藤泉（千代子）は女声合唱団に所属し、日頃、「野火」を愛唱しているとのことで、美しいソプラノを披露し、みんなで歌えるようにと参加者を指導された。なごやかに、「野火」の歌声が、天城の野辺と空に流れていった。私のギターの師、松本平行は日本ギター連盟理事で、伊東福雄とは親友の間柄であるが、ギター独奏用に、「野火」を編曲してくださり、私は拙いながら紹介させて頂いた。近隣にも、「野火」の花が咲くとうれしい。

朝日新聞　第3種郵便物認可

犀星の詩に朔太郎が曲　よみがえった愛唱歌

固い友情のあかし

遺族が吹き込んで採譜

室生犀星作詞、萩原朔太郎作曲という、日本の二大詩人が轡を並べた珍しい歌が、遺族の記憶から楽譜化されてよみがえった。「野火」と題するこの歌は、大正七、八年ごろの作と推定され、若き日の朔太郎が弾くマンドリンの音に合わせ、犀星が歌い、晩年まで愛唱された。朔太郎の妹が、覚えていた歌をテープにとり、このほど採譜された。無名時代に知り合い、生涯の親友だった朔太郎と犀星。叙情あふれる愛唱歌は二人の詩人の固い友情の証（あかし）でもあった。

「野火」は、朔太郎の遺族で唯一人生存している妹の安中市安中、萩原みね子さん(七七)が覚えていたものだ。朔太郎を囲む親しい姉妹の六人兄妹の三女で、作曲後、妹たちを呼んで家でよく合唱していたことから、「忘れられない兄の思い出の歌」となっていた。みね子さん自身も一人でずっと口ずさんでいたが、楽譜化するため思い立ち、自分の声でテープに吹き込み、[illegible]だった知り合いの安中市教育長、多胡[illegible]さん(…)に採譜を頼んだ。

十一月初めに完成し、同六日に朔太郎の生家のある前橋市田口町[illegible]で開かれた「朔太郎をしのぶ会」で、披露された。

朔太郎は詩人であると同時に、大正四年に前橋で「ゴンドラ洋楽会」（後に「上毛マンドリン倶楽部」）を組織し、県内などでマンドリン演奏活動をし、前橋の音楽活動の草分けを築いた「音楽家」の一面があった。マンドリン合奏の作、編曲、演奏指導、指揮をつとめた活動は、大正十四年に一家をあげて東京に移る直前まで続き、多くの編曲作品を残している。作曲をしてはこれまでマンドリン合奏曲「機織る少女」の一曲だけが発見されていたが、歌詞のついた曲は初めてだ。

室生犀星との交友は大正初めに始まる。いずれも無名時代に、北原白秋の主宰する月刊詩誌「朱欒」に詩を投稿、互いに詩に感嘆した朔太郎が文通を始め、大正三年には前橋に犀星を招いた。以後、朔太郎も金沢へ招かれ、交友は[illegible]、双方で「[illegible]」を[illegible]あい、第二の親友は生涯続いた。

「野火」はどんな事情でつくられたか。

あわれ　山のふもとを
はいゆく野火
夕ぐれて　心かなしみに満つ
何とはなき　さびしさに

みね子さんは、「犀星さんはよく家に遊びにいらっしゃっていて、詩は赤城の山でもながめながら、できたんではないでしょうか」。

朔太郎が最初の結婚をする大正八年前後には、すでに歌われていたことから、歌ができたのは大正七、八年と朔太郎研究会では推定する。

歌を録音した「[illegible]の夕べ」に出席した朔太郎の長女で作家の萩原葉子さんも「父が晩年までよく歌っていたからよく覚えています」と話していた。東京で生活に困った朔太郎のため、犀星は家探しを手伝ってやったり、[illegible]にものっていた。孤独な詩人に親交を絶やさなかった犀星。晩年までかみしめて歌った「思い出の曲」だったのだろう。

百曲以上の作曲をてがけ、採譜にあたった多胡さんは「寂しい感じの出ている詩によく合った日本的な曲調です。二カ所ほど日本音階が入り、ゆったりとおおらかな感じが出ている」と話している。

萩原　朔太郎

室生　犀星

文化

交差点

◆ステージ

〈[illegible]〉

秋吉敏子カルテット・コンサート　6日午後7時から。テナーサックスは夫のルー・タバキン。来日[illegible]に発売した新ＬＰ「[illegible]」のジャズ組曲「木[illegible]」と[illegible]の「モーテン」主体。前売り二千八百円、当日三千円。

[illegible]マンドリン・ソサエティー　[illegible]8日午後6時から。「[illegible]ユーカラ」などマンドリン・オリジナル曲のほか、ポピュラーや日本の歌シリーズ。ＯＢなどの賛助出演も。[illegible]円。

中村紘子ピアノ・リサイタル　10日午後6時半から。ベートーベンのソナタ二十一番「ワルトシュタイン」[illegible]

伊東福雄　提供

1977年（昭和52）12月4日付　朝日新聞に掲載

野　火
室生　犀星　詩
萩原朔太郎　曲
霜触麻理子　編曲
あ わ ーれ や ま の ふ も と ーを は い ゆ く の
ぴ ー ゆ う さ り て ー こ こ ろ か な
Page 1

しみにみつーなんとなきー
ーーさびーしさにー

あわれ
山のふもとを
はいゆく野火
夕去りて
こころかなしみに
満つ
なんとなき
さびしさに

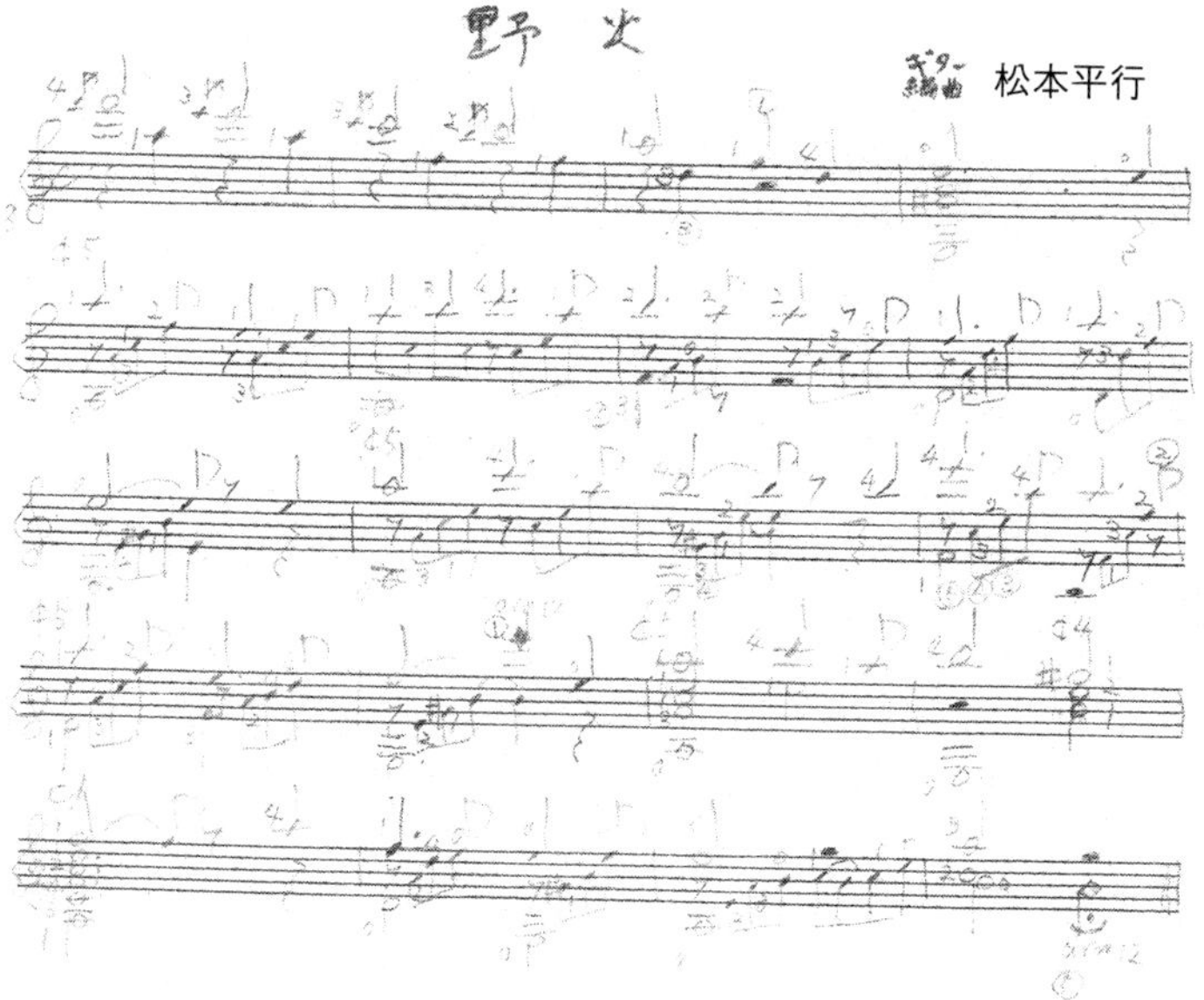
野火
ギター編曲 松本平行

歌になった犀星詩

犀川

美しき川は流れたり
そのほとりに我は住みぬ
春は春　夏は夏の
花つける堤にすわりて
こまやけき本のなさけと
愛とを知りぬ
いまもその川ながれ
美しき微風ととも
蒼き波たたえたり

犀　川

室生犀星作詞
磯部　俶作曲

に ― わ ― れは す み ぬ ― ― そ
― われは す み ぬ ― ―
mf
の ― ― ほ と ― ― り に
その ― ほ と り に
わ ― れは す ― み ぬ ― ―
われは す ― み ぬ ―
colla voce
mp

Meno mosso ♩.=60
はるーは　はる
はるーは　は
poco rit.
(legato)
はなつーける　つつーみ
なつはなーーつ　の　はなつける　つつみにーす
る　なーーつ　はなーつ　の　はなーつ　け　る　つ

にすわりて
わーりてすわりてー こ
rit.
つーみにーすわーりてー
Andante espressivo ♪=92
pp
まやけきーほんのなさけとあいとをしり
こまやけ きほんのなさけとあいとをしり
Tempo I
ぬ
ぬ
p
Hum.
mp

Hum.
Ah
Hum.
Ah
い
Ah
い
cresc. molto
まもー ー そのかわーなが ー ー れ ー う
まもー ー
つ ー くーしき そよかぜとと も ー ー

f
mf
あ ー おき なみ た た え た り ー あ
お ー き なみ た た え ー た り ー ー
poco a poco dim.
pp

砂丘の上

渚には青き　波の群れ
鷗のごとく　ひるがえり
すぎし日は
海の彼方に死に浮ぶ
音もなく　砂丘の上に
うずくまり
海の彼方をこいぬれて
ひとり　ただひとり
はるかに思い疲れたり

砂丘の上

室生犀星　作詩
小松耕輔　作曲

Molto dolce e tranquillo
なぎーさにーはーあおき
なみのーむれ
cresc.
かもめのごとくひ
るがえりーす

砂の上にうずくまり，もはや帰ることのない過ぎし日。思い出に沈んでいるという感傷的な詩につけた美しい曲です。ピアノ伴奏にのり，柔らかく流れるように歌ってください。

calma.
き ー し ひ は う み の か な た
Ped.
calando
p
に し に う か ー ぶ ー お
p
cresc.
と も ー な く さ きゅ ー の う
え に う ず ー く ま り

ー うみのかなた
をこいぬれて ー ひと
り ーただひとり ーはるかに ーお
もーいつかれたり ー
cresc.
calando

かもめ

かもめかもめ
　さりゆくかもめ
かくもさみしくくちずさみ
なぎさはてなくつたひゆく
かもめかもめ
入日のかたにぬれそぼち
ぴょろとなくはかもめどり
あわれみやこをのがれきて
うみのなぎさをつたいゆく
うみのなぎさをつたひゆく

かもめ

室生犀星作詞
弘田龍太郎作曲

47.

ゆ く
dolce a tempo
p
か も め か も め い
り ー ひ の か ー た に ぬ れ そ ほ ち ー
mf
ひ よ ろ と な く は か も め ど

pp（柔かく）
り ー あ わ れ み や こ を の が れ ー き
pp（柔かく）
mp
dim.
rit.
て ー う み の な ぎ さ を つ ー た ー い
rit.
a tempo
p
rit.
ゆ く う み の な
dolce a tempo
rit.
calando.
ぎ さ を ー つ た い ゆ く ー
pp legatissimo
calando.

時無草

秋の光に　みどりぐむ
時なし草はつみもたもうな
やさしくひなたに　のびゆくみどり
そのゆめも　つめたく
光は水のほとりにしずみたり
友よ　ひそかに　みどりぐむ
時なし草はあわれ　深ければ
その白き指もふれたもうな

時なし草

（三部合唱）

室生犀星作詞
磯部　俶作曲

mp
a tempo
ゆめも つめたく
ゆめも つめたく
つ めたく
mf
p
ひかりは ひか り は ー
ひかりは ひか り は ー み
ひ か り は ひかー り ーーは み ずのほとり にみ
mp
f
sf
みず のほ と りにし ず ーみ た りし ず み た
ずのほとり にみず の ほ と りにし す ーみ た りし ず み た
ずのほとり にみず のーほ と りに みずのほーと りーに し すみ

poco rit.
pp a tempo
り ーー し ず み た り
り ー し ず み た ー り
た り し ず み た ーー り
少し速めに
mp dolce
Tempo I
mp
と も よーひーそ
と も よーひ そ
と も よーひ そ
rit.
mf
poco rit. a tempo
かーに み ど ーーりーぐ む ー と き なしーぐ さ ーは あ わ れ ふ か け
かーに み ど ーーり ぐ む ー と き なしーぐ さ ーは あ わ れ ふ か け
かーに み ど り ぐ む ー と き なし ぐ さ ーは あ わ れ ふか

f
mf
れ ば そーの しろき ゆ ーび も ふれもたーもう な そのしろき
れ ば そーの しろき ゆ ーび も ふれもた もう な そのしろき
け れば そーの しろき ゆ ーび も ふれもた もう な そのしろき
poco rit.
a tempo
ゆ びも ふれもたもう な
ゆ びも ふれもたもう な
ゆ びも ふれもたもう な
pp
p
pp

春の寺

うつくしきみ寺なり
み寺にさくら
りょうらんたれば
うぐいすしたたり
さくら樹にすずめら交《さか》り

かんかんと鐘鳴りて
すずろなり
かんかんと鐘鳴りて
さかんなれば
おとめらひそやかに
ちちははのなすことをして遊ぶなり
門もくれない炎炎と

うつくしき春のみ寺なり

春の寺

("抒情小曲集"から)

室生犀星 作詩
清水脩 作曲

感傷的でなく映えるように(♩＝50)

cresc.
巾広く
f
にさくらりょうーらんたれ
cresc.
f
澄むように
mf
ばうぐいすしたた
mf
p
りさくらぎにーすずめらさかーり
p
明るく
pp
p
かんかんとかねなりてすずろなーり
pp
p
simile.

巾広く
かん かん と かね な り て さ か ー ん な れ ー
dim.
やさしく
ば お と め ら ひ そ や か に ち ち は は の な す こ と を し て あ
m.d.
m.g.
そ ー ぶ な り
巾広く華やかに
もん も く れ な い

cresc.
ー え ん え ん と ー う つ く し
cresc.
ff
き は る ー の
mf
み て ら ー
8
ff
な り ー
p
pp
ppp

第四楽章　音楽——ことばの花かご

萩原朔太郎

「ぎたる弾く」

ぎたる弾く
ひとりしおもへば
たそがれは音なくあゆみ
石造の都会
またその上を走る汽車　電車のたぐひ
それら音なくして過ぎゆくごとし
わが愛のごときも永遠の歩行をやめず
ゆくもかへるも
やさしくなみだにうるみ

ひとびとの瞳は街路にとじらる。
ああ　いのちの孤独
われより出でて徘徊し
歩道に種を蒔きてゆく
種を蒔くひと
水を撒くひと
光るしゃっぽのひと　そのこども
　しぬびあるきのたそがれに
眼もおよばぬ東京の
いはんかたなきはるけさおぼえ
ぎたる弾く
ぎたる弾く

中野重治

〝「永遠にやって来ない女性」それはほとんど音楽である〟
（室生犀星　昭四三　筑摩書房）

永遠にやって来ない女性　（愛の詩集）

秋らしい風の吹く日
柿の木のかげのする庭にむかひ
水のやうに澄んだそらを眺め
わたしは机にむかふ
そして時時たのしく庭を眺め
立派な芙蓉の花を讃めたたへ
しづかに君を待つ気がする
うつくしい微笑をたたへて
鳩のやうな君を待つのだ

柿の木は移って
しっとりした日ぐれになる
自分は灯をつけて　また机に向ふ
夜はいく晩となく
まことにかうかうたる月夜である
おれはこの庭を玉のやうに掃ききよめ
玉のやうな花を愛し
ちひさな笛のやうなむしをたたへ
歩いては考へ
考へてはそらを眺め
そしてまた一つの塵をも残さず
おお　掃ききよめ
きよい孤独の中に住んで
永遠にやって来ない君を待つ
うれしそうに

姿は寂しく
身と心にしみこんで
けふも君をまちまうけてゐるのだ
ああ　それをくりかへす終生に
いつかはしらず祝福あれ
いつかはしらずまことの恵みあれ
まことの人のおとずれのあれ

立原道造
眠りの誘ひ　（暁と夕の詩　昭十二）

おやすみ　やさしい顔した娘たち
おやすみ　やはらかな黒い髪を編んで
おまへらの枕もとに胡桃《くるみ》色にともされた　燭台のまはりには

快活な何かが宿ってゐる
（世界中はさらさらと粉の雪）
私はいつまでもうたってゐてあげよう
私はくらい窓の外に　さうして窓のうちに
それから　眠りのうちに　おまへらの　夢のおくに
それから　くりかへしくりかへして　うたってゐてあげよう
ともし火のやうに　風のやうに　星のやうに
私の声はひとふしにあちらこちらと…
するとおまへらは　林檎の白い花が咲き
ちひさい緑の実を結び　それが快い速さで　赤く熟れるのを
短い間に　眠りながら　見たりするであらう

尾崎喜八

音楽　（高層雲の下）

バッハのガボット
それは魂の殿堂での神々しい歓喜の舞踏だ
この世ならぬ光を浴びている初春の丘の枝々
愛の空　愛の池、
葉先をしたたる水煙に
善のはなびらの照りこぼれるような、
人間世界へ遙かにとどく使徒のような…
人の持ちながら
あまり惜しんで用いる無我の慈しみとその喜悦と

田舎のモーツアルト

中学の音楽室でピアノが鳴っている
生徒たちは、男も女も
両手を膝に、目をすえて
きらめくような、流れるような
造形に聴き入っている。
そとは秋晴れの安曇平
青い常念と黄ばんだアカシア。
自然にも形成と傾聴のあるこの田舎で
新任の若い女の先生が孜々《しし》として
モーツァルトのみごとなロンドを弾いている。

谷川俊太郎

きいている

あさ　ことりがうたうとき
きいている　もりが

ひる　かわがうたうとき
きいている　おひさまが

よる　うみがうたうとき
きいている　ほしが

いつか　きみがうたうとき
きいている　きみをすきになるひとが

きょう　ちきゅうがささやくとき
きいている　うちゅうが

あす　みんながだまりこむとき
きいている　かみさまが
ねこのひげの　さきっちょで
きみのおへその　おくで

音楽のように

音楽のようになりたい
音楽のようにからだから心への迷路を
やすやすとたどりたい
音楽のようにからだをかき乱しながら
心を安らぎにみちびき

音楽のように時間を抜け出して
ぽっかり晴れ渡った広い野原に出たい
空に舞う翼と羽のある生きものたち
地に匍《は》う沢山の足のある生きものたち
遠い山なみがまぶしすぎるなら
えたいの知れぬ霧のようにたちこめ
睫毛にひとつぶの涙となってとどまり
音楽のように許し
音楽のように死すべきからだを抱きとめ
心を空へ放してやりたい
音楽のようになりたい

堀辰雄
風たちぬ

それは、私達がはじめて出會ったもう二年前になる夏の頃、不意に私の口を衝いて出た、そしてそれから私が何といふこともなしに口ずさむことを好んでゐる、

風たちぬ、いざ生きめやも

という詩句が、それきりずっと忘れてゐたのに、又ひょっくりと私達に蘇ってきたほどの、……云はば人生に先立った、人生そのものよりかもっと生き生きと、もっと切ないまでに愉しい日々であった。

鴨長明
方丈記

行く川のながれは絶えずして、しかももとの水にあらず。よどみに浮かぶうたかたは、かつ消えかつ結びて久しくとどまることなし。世の中にある人とすみかと、またかくの如し。

松尾芭蕉

奥の細道

月日は百代の過客にして、行かふ年も又旅人也。舟の上に生涯をうかべ、馬の口をとらえて老をむかゆる物は、日々旅にして旅を栖《すみか》とす。古人も多く旅を死せるあり。

山辺赤人

田子の浦ゆ　うちいでてみれば　真白にぞ
富士の高嶺に雪は降りける

紀　友則

久方の　光のどけき　春の日に
しづ心なく　花の散るらむ

聖パウロ

詩編と賛歌と霊的な歌によって語り合いなさい。詩と賛美と霊の歌を、神への感謝を胸に秘めて歌うように。

プラトン

音楽は、世界に魂を与え、精神に翼を与える。そして想像力に昂揚を授け、あらゆるものに生命をさずける。

マルチン・ルター

音楽という気高い芸術は、神の言葉に次いで、この世で最もすばらしい宝である。

シェークスピア

音楽が恋の糧ならば、続けてくれ。

ヴィクトル・ユゴー

音楽は、人間が言葉で言えない事柄、しかも黙ってはいられない事柄を表現する。

バイロン

草のそよぎにも、小川のせせらぎにも、耳を傾ければそこに音楽がある。

ソロー

音楽は音の結晶である。

ショーペンハウアー

音楽とは、世界がその歌詞であるような旋律である。

トーマス・カーライル

音楽は天使たちの語らいである。

ウォルト・ホイットマン

演奏を聴いて思い出したと感じている音楽はすべてあなたの内側から呼び覚まされているのだ。

アルベルト・シュバイツァー

人生の惨めさから抜け出す道が二つある。音楽と猫だ。

ヘンデル

みんなを楽しませただけなら残念だ、私はみんなを善い人にしたいのだが。

ショパン

自分の耳が許す音だけが音楽である。

シューマン

人の心の暗闇に灯りをともす―それが芸術家の義務だ。

ロッシーニ

シンプルなメロディーとバラエティに富んだリズムで。

ストラビンスキー

私の音楽を一番理解しているのは子供と動物だ。

フルトヴェングラー

すべて偉大なものは単純である。

ハインツ・ホリガー

音楽は呼吸・会話・言語のリズムと関連性がある。音楽は言語であり、言語が終わるところから始まる。音楽はメタ言語といえる。

宮沢賢治　（農民芸術概論）

声に曲調節操あれば声楽をなし、音が然れば器楽をなす。

村上春樹　（小澤征爾さんと音楽について話をする）

音楽的な耳を持ってないと、文章ってうまく書けないんです。音楽を聴くことで文章がよくなり、文章をよくしていくことで、音楽がうまく聴けるようになってくる。両方向から相互的に。文章にリズムがあること。言葉の組み合わせ、センテンスの組み合わせ、パラグラフの組み合わせ、硬軟・軽重の組み合わせ、トーンの組み合わせによってリズムが出てきます。

吉田秀和

私は歌の中に心を感じ、心を見、心を聴く。

大岡信

音楽は沈黙の深みに誘う。音は心の粒子なのだから。

日野原重明・湯川れい子対談より『音楽力』(海竜社)

—日野原重明

・音楽は魂に直接働きかける力を持っている。
・音楽は言葉以上のコミュニケーション力がある。
・自然の奏でる音楽に耳を澄ませよう。
・音楽は人間の心・体・魂全てに働きかける。

—湯川れい子

・音楽は神様から人間への贈り物
・和音演奏・祈りは心の薬そのもの
・子供にもっと音楽を生かして。どんな曲でもいいからお母さんがゆったりした気持で、時には赤ちゃんのお父さんとデュエットしながら歌を歌ってあげてほしい。
・私達には音楽で世界を守っていく義務がある。
・音楽は副作用のない生薬である。心にも体にも万病に効く。
・音楽は愛である。音楽は海よりも深い。

『音楽の癒しのちから』日野原重明

・ルドルフ・シュタイナー（一八六一〜一九二五）によれば、音楽には三つの要素がある。第一はメロディ、第二はハーモニー、第三はリズムです。人間にとって、メロディというものは頭脳に一番作用する。ハーモニーは呼吸に作用し、リズムは手足の運動や血液の循環、物質代謝を左右する。病気というものは、人体のこの三つの要素の乱調から起こる。
・ヘーゲルは、美の境地における人間活動の最高の登攀《とはん》へ我々を導くものは、音楽の芸術だ、と言っている。
・これから先の、私に許される幾ばくかの年月の中でも、音楽は私のいのちの続く限り、私の心を豊かに支えてくれることを信じる。そして、フォーレの「レクイエム」、作品四十八の曲の四分の四拍子のアダージオで始まるソプラノのメロディを聴きながら、この世のつとめを終えたいと願っている。

フォーレ　レクイエム

ピエ・イエス（慈悲深きイエスよ）
慈悲深きイエスよ、彼らに休息を、永遠の休息を授けてください

エピローグ

祈りの竪琴

音楽サナトロジスト　キャロル・サック
（NHK教育テレビ こころの時代　人生と宗教　2019年7月27日放送）

ベッドで横たわる男性の脇で、小さなハープの美しい音と、いかにも優しく慈しみ深い女性の歌声が流れる。場所は東京山谷地区の「きぼうのいえ」（在宅ケア施設ホスピス）。女性の名はキャロル・サック。♪Jesus remember me when you come to your kingdom♪（イエスよ、あなたがあなたの王国に戻った時わたしを思い出してください）という言葉が、繰り返し聞こえる。曲の種類はテゼ（Taize = 短かい聖書のフレーズに簡単なメロディをつけて歌う場合は、繰り返し、繰り返し歌われる。その音楽の意味が頭から心に下ってくるような効果がある）。横たわる人の呼吸に合わせて拍子のないシンプルな曲が、その人のその時の状態に合わせて、適宜使われる。もう一つのジャンルはグレゴリオ聖歌（Gregorian chant）。1500年前から祈りとして、修道院の中でも毎日歌われている音楽。韻律のない音楽で、拍子がなく呼吸に合わせやすく、スピリチュアルな意味と肉体的な効果もある。キリエ・エレイソン（Kyrie eleison＝主よ、憐れんでください）と神に呼びかける音楽。アニュス・デイ（Agnus Dei）世の罪を取り除く神の子羊よ、あわれみと平安をお与えください。今のままの自分、人間性、私を受け入れ、受け取ってください。もう一つはララバイ（Lullaby）。日本語流では「子守歌」だが、少し悲しげな子守歌ではなく、北欧、ケルト（アイルランド、スコットランド）のララバイで、愛情の喜びと悲しみの両方を伝える。「私はあなたを大事にしてますよ、私はできるだけ見守りますよ」とささやく。

キャロルさんは、ある大きな刑務所を訪ねた時の経験を語る。「ララバイを、ハープを奏で歌っている時、はじめ固い表情をしていたその人は、途中ふと気が付くと、顔中涙、涙で泣いていました。きっとこの人は、子供の時ララバイを歌ってくれる人がいなかったんだ、ララバイはこの世界の、社会の中で必要なこと、爆弾よりも、武器よりも、暴力よりも、はるかに力のあるものだ、と実感しました。」

キャロルさんが生まれたのは、アメリカ中西部の北ミネソタ州の牧師の家庭だった。幼い頃から一日に何度も祈りを捧げる一家の暮らしの中で育ったが、20才の頃、はじめての恋愛が破局を迎え、祈りが形だけのものではなく、自分の実人生に大きな存在であることに気づかされる。自分の人間性に疑問を感じ、自分の存在を認められない苦しみを抱え込んで、日々自己への挑戦の果てに、ウツ状態に落ち込んでしまう。一年半程の格闘の末、出会ったのが、父親の本棚で見つけた〝Wounded Spirit〟「傷ついた魂」という本であった。本には、祈りに癒された人々の実例が述べられていた。現実に、祈りを通して働く愛の力があると気づかされた。「私を暗闇の中に閉じ込めていたベールが一気に取払われた感じがしました。こんなに小さな私でさえも、こんなに大きな愛に、なにか抱かれている。私は本当に小さな者なのに、その中に神がいるとしたら、それはすごいことです。祈りはその大いなるものに目を開かせ、私を広い目で人生を捉えられるようにしてくれます。祈りは私を大きな世界に開放してくれるのです。それは私の力でなく神によって実現するのです。」

キャロルさんは小さい頃から、ハープに憧れハープに恋をしていたが、音楽家になる環境や自信がなく、ハープに触れることもなかった。31才の時、牧師の夫と共に来日。10年程経ったある日、ハープのレッスンを受けているという友人から、普通のハープより小さめなアイリッシュ・ハープのことを知った。「キャロル、これならベッド脇に持って行けますよ」という天からの言葉が聞こえた。そして訪れたカリフォルニア州のハープ店で、「安らぎの聖杯」というプロジェクトを行っている学校があることを教えられ、50才の時、五人の家族と共に、アメリカ・モンタナ州に移住。二年間の教育を受けて、ハープと歌による看取《みと》りを行う音楽サナトロジストの資格を取得。再び日本に戻った。「貴重な音楽を用いて、人のために役立つことができるかな」という念願が叶い、音楽による祈りを捧げるボランティアの仕事に就く。やがて、「きぼうのいえ」で働くキャロルさんのもとに、このような働きを行うボランティア養成講座を開講してほしいという依頼が舞い込み、「リラ・プレカリア」(Lyra Preca-ria ＝ラテン語で祈りの竪琴)と名付けられた講座を開設する。約10年間で38人の受講生があり、ボランティアの仕事に就いたが、その講座のベースに旧約聖書の詩編を取り上げた。詩編は竪琴など楽器を奏でながら歌われた祈りが詩で表わされ、そこには人間から神に発せられた言葉、嘆きや、苦しみ、怒り、そして、どん底の中で気づかされた希望が綴られている。キャロルさんは語る。「私は詩編の正直さが好きなのです。ベッド脇に行く時、私達は患者と同じ人間として赴きます。詩編は自分の心と正直に向き合い、私自身の中にあるものに気づく助けとなります。私達は往々にして、自分の傷ついた部分を他人には見せません。恥ずかしいと思ったり、問題を抱えていると思われたくないからでしょう。誰もがたくさんの傷を抱えています。私達がそんな弱さを抱えた者なら、多分ベッドの人はそれを感じ取るでしょう。そしてそこにいる私達に心を開いてくれるかもしれません。自分自身を理解し、人間であるとはどういうことか理解することが私達にはとても重要です。特に私達がありのままで愛されていること、完璧でなくても価値があると理解することが。」

リラ・プレカリアは2018年春閉講したが、修了生サポートミーティングが定期的に開かれ、詩編の学びは継続されている。

「私達はベッド脇に行く時、自分を空っぽにできるように願っています。そうすれば一緒にいる人に自分を解放できるからです。自分を空にすれば、もっと純粋で愛あるものに満たされるのではないでしょうか。私はそれを神と呼びますが、他にもたくさんの呼び方があるはずです。私達はいつも祈っているのではないでしょうか。ただ、それを祈りと呼ばず、気づかないだけで、私達は皆心にそういうものを抱いていて、取り巻く世界に影響を与えています。もし、いのちを創造した何か、誰か、なにか本質的なものがあるとしたら、信じる、信じないに関わらず、それはあるのです。私個人としては、その大いなる愛が、いつでも、誰にでも、注がれていると考えます。私にはその愛を創造できません。愛はそこにあるのです。でも人がすでに愛されていることを発見する手助けができるなら、私は幸せです。ハープと声の〝祈りの竪琴〟がわずかでも役立てばと願い祈っています。

結びに、キャロルさんは、自分が宝物としているという一通の男性からの手紙を紹介する。それは、ホームレスの多い山谷地区でプレゼンテーションをしていた時のものです。

「最初は半信半疑だった。二回目のハープのとき、今まで思い出したこともない父親のことを思い出した。親不孝したなぁと、何か体から感じ出した。現実から離れて、あれは地上の音楽ではなくて、天上の音楽。ささやくような歌がハープと一緒になって、こんな音楽を聴いてたら、かえって死んだ方がいいことがあるんじゃないかって思ってしまうね。楽園の入口にいるような良い気持になれるんだって、自分も驚いた。俺も捨てたもんじゃないと思ったよ。」

この手紙について、キャロルさんは、次の言葉で締めくくる。「この最後の一行、〝俺も捨てたもんじゃないと思ったよ。〟その一行だけで、リラ・プレカリアのすべてを語っていると思います。」

（2018年1月27日の再放送。NHKオンデマンドで配信中）

おわりに

今年は室生犀星生誕百三十年にあたる。思いついてから、かなりの年月が経ってしまったが、何とか記念すべきこの年に完成させることができた。犀星はあくまで詩人、文学者であり、その詩、随筆、小説によってその真価を知られるべきであるが、音楽は、犀星にとって、その創作、実生活において、測り知れないウエートを占めていた。音楽に関連した作品の本質に触れ、犀星の全体像を把握する一方、「音楽のもつ力」を真摯に理解して、実生活に役立てて戴ければ、大きな喜びである。最後に拙著の執筆にあたり、ご指導、ご援助戴いた多くの方々に重ねて感謝申し上げます。

二〇一九年　八月盛夏

追記

予想だにせぬ新型コロナウィルス禍で出版作業も遅延せざるを得ぬこととなった。半面、このような状況下で芸術―音楽・美術・文学他―の持つ役割の大きさを痛感する。二〇二〇年はベートーベン生誕二五〇年にあたり、また八月一日は犀星の誕生日でもある。拙著が少しでもあなたの心に訴えることが出来れば、この上ない喜びです…。

末筆ながら、出版にあたり多大のご尽力を戴いた静岡新聞出版部長庄田達哉氏、編集の佐野真弓氏に改めて謝意を申し上げます。

二〇二〇年　六月

参考文献

室生犀星文学全集一～十一　新潮社

同未刊行作品集一～三　三弥井書房

同全詩集　冬樹社

同文学年譜　（星野晃一・室生朝子・本多浩）

同書目集成　（同）　明治書院

同文学事典　（葉山修平編）　鼎書房

同もうひとつの青春像　田辺徹著　犀星の会

回想の室生犀星　田辺徹　博文館新書

論集室生犀星の世界（上下）　室生犀星学会編　龍書房

室生犀星寸描　葉山修平・大森盛和　々

続　々　々　々

我が愛する詩人の伝記にみる室生犀星　葉山修平編　々

評伝室生犀星　船登芳雄著　三弥井書房

室生犀星伝　本多浩著　明治書院

室生犀星―幽遠・哀訴の世界　星野晃一　々

室生犀星研究	久保忠夫	有精堂
室生犀星ききがき抄	新保千代子	麦書房
犀星のふるさと―金沢文学散歩	木戸逸郎	北国出版社
室生犀星　戦争の詩人　避戦の作家	伊藤信吉	集英社
ぎたる弾くひと　萩原朔太郎の音楽生活		麦書房
室生犀星	中野重治	筑摩叢書
室生犀星	富岡多恵子	々
犀星のいる風景	笠森勇	龍書房
蟹シャボテンの花	々	々
犀星の小説一〇〇編	々	々
詩の華　室生犀星と萩原朔太郎	々	々
犀星とわたし	犀星の会編	(株)白楽
少年少女のための日本名詩選集	室生犀星	あすなろ書房
追想の犀星詩抄	室生朝子	講談社
父　室生犀星	々	毎日新聞社
ふるさとは遠きにありて―室生犀星詩伝	木戸逸郎	至文館出版部
堀辰雄と昭和文学	竹内清己	三弥井書店

参考文献

西洋の目　日本の耳　近代日本文学と音楽　中村浩介　春秋社
日本近代文学と西洋音楽　井上二葉　丸善仙台出版サービスセンター
音と言葉　フルトヴェングラー著　芳賀檀訳　新潮文庫
あなたの音楽手帖　井上頼豊著　新日本新書
日本音楽文化史　吉川英史編　創元社
日本レコード文化史　倉田喜弘著　東京書籍
コンサートの文化史　ウォルター・ザルメン著　土屋信也・網野公一訳　柏書房
日本音楽教育史　供田武嘉津著　音楽之友社
日本音楽教育文化史　上原一馬　々
国文学　解釈と教材の研究　音楽　声と音のポリフォニー　第44巻13号
人生読本　音楽　河出書房新社
吉田秀和全集10　白水社
吉田秀和『永遠の故郷』　集英社
音楽を呼びさますもの　武満徹　新潮社
大岡昇平音楽論集　武満徹＋水・音楽・言葉
吉田秀和＋モーツアルトの五〇年　深夜叢書
音楽　小澤征爾・武満徹　新潮社

小澤征爾さんと音楽について話をする　村上春樹著　新潮社
個人的な体験　大江健三郎　新潮社
大岡信著作集13巻　彩月記　狩月記　青土社
聴くと聞こえる　谷川俊太郎　創元社
世界名言集　岩波文庫編集部編　岩波書店
ことばの花束　同名句365　岩波書店
日本の名歌鑑賞　『短歌編集部』編　角川学芸出版
名歌集逍遥　藤岡武雄著　短歌新聞社編
尾崎喜八　音楽への愛と感謝　新潮社

協力
松本平行　伊東福雄　羽入田次彌　金沢近代文学館　前橋文学館
野火　松本平行　ギター編曲

飯田紀久男

1942年（昭和17）静岡県清水市（現静岡市清水区）生まれ
清水市立江尻小学校　同第一中学校　清水東高校
千葉大学文理学部英米文学科卒業
昭和40年　㈱河合楽器製作所入社　大阪支社勤務の後
昭和48年　大阪府立大和川高校・同泉北高校・静岡県立熱海高校
沼津商業高校・三島北高校（定）にて英語科教諭　平成15年定年退職
同年室生犀星学会に入会し現在に至る
室生犀星事典（鼎書房）にて「伊豆」「音楽」「ホイットマン」の３項目を執筆
続・室生犀星寸描（龍書房）にて「野火」「虹の梯《かけはし》」を執筆。伊豆日日新聞で「犀星と伊豆」連載
趣味　音楽（ギター　古川律由、小野剛三、松本平行（現）に師事
　　　野球（小中大学にて野球部）、テニス、囲碁（六段）

現住所
〒419-0107 静岡県田方郡函南町平井 1371-25
TEL/FAX　055-979-0739

室生犀星　音楽への愛と祈り

発行日　　2020年８月１日　初版発行

著者・発行者　飯田紀久男
発売元　静岡新聞社
〒422-8033 静岡市駿河区登呂 3-1-1
電話 054-284-1666

印刷・製本　藤原印刷株式会社
装画　山本邦浩（元沼津商業高校社会科教諭）
カット　加藤清次郎（同英語科教諭）

ISBN978-4-7838-8011-0